新潮文庫

恋よりブタカン！

～池谷美咲の演劇部日誌～

青柳碧人著

恋よりブタカン！
～池谷美咲の演劇部日誌～

目　次

第一幕
忍者を一人、削除せよ！　P.9

第二幕
USB見立て盗難事件を解決せよ！　P.73

第三幕
被告人は美咲！
地区大会ケチャップ裁判　P.153

第四幕
美咲蒼白！
『白柚子姫』はパクリだった!?　P.231

都立駒川台高校演劇部
美咲
西野センパイ
我妻クン
早乙女センパイ
まい
センパイ
~前巻までのあらすじ~
親の借金返済のためにバイト漬けだった美咲は、完済を果たした高二の夏前から演劇部に入部を決意。誘ってくれた親友ナナコが病気のために入院することになり、代わりに舞台監督を務めることに。個性溢れすぎるメンバーと、初めての演劇に悪戦苦闘。次から次へと巻き起こる、先輩の失踪事件、消えた台本探し、合宿での騒動に講堂炎上事件といったトラブルを乗り越え、無事に(?)文化祭公演を成し遂げた。仲間たちとも打ち解けられた美咲は、文化祭を最後に引退するはずだった三年生たちとともに、部員一丸となって高校演劇地区大会に挑戦することになった! のだが——?

トミー
りかぽん
ジュリア
みど
センパイ
愛ちゃん
センセイ
ナナコ

恋よりブタカン！

～池谷美咲の演劇部日誌～

第一幕　忍者を一人、削除せよ！

——俺、演劇部に青春をかけたいと思っていますから。

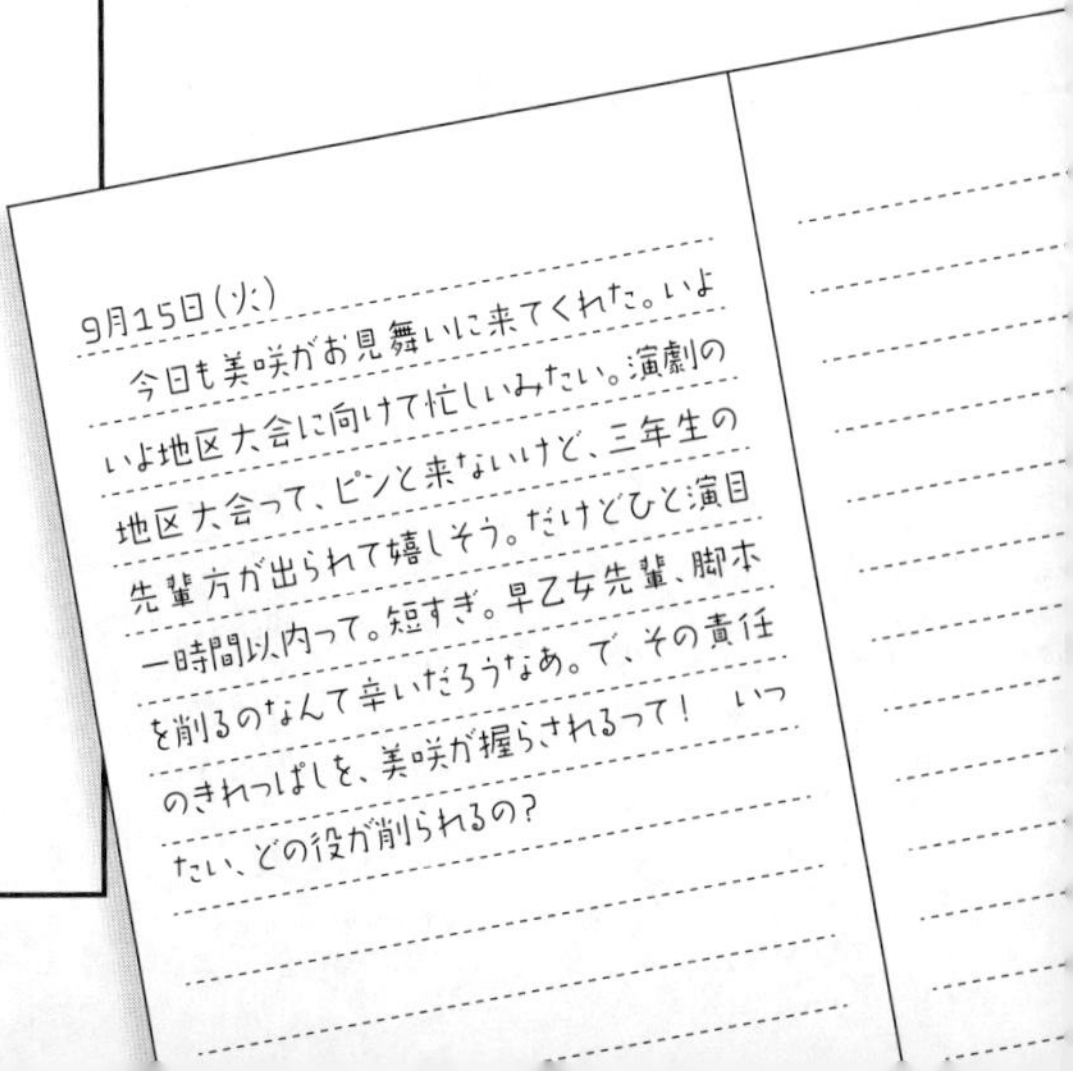
9月15日（火）
今日も美咲がお見舞いに来てくれた。いよ
いよ地区大会に向けて忙しいみたい。演劇の
地区大会って、ピンと来ないけど、三年生の
先輩方が出られて嬉しそう。だけどひと演目
一時間以内って。短すぎ。早乙女先輩、脚本
を削るのなんて辛いだろうなあ。で、その責任
のきれっぱしを、美咲が握らされるって！　いっ
たい、どの役が削られるの？

1.

「夏休みも終わってもう二週間が経《た》とうとしているのに、お前たち、たるんでるんじゃないのか」

ホームルームの最中、担任の上島《うえしま》先生が言った。三十代後半のおっさんだ。数学担当で、いつもボーダーのポロシャツを着ている。なんだか嫌な予感がして、池谷美咲《いけたにみさき》は姿勢を正す。

「先生、そんなことないですよー」

一番前の席の男子が、茶化すような声色で言った。

「ほう。これを返されてもそんなことが言えるかな」

とたんにクラス全体がぎゃーと騒ぎ出す。先生の手に握られているのは、先日行われた抜き打ちテストだった。

「返すぞ。浅川《あさかわ》——」

当然、美咲のもとにもテストは返却される。結果は十点中、三点だった。複素数、本当にわけがわからない。クラスメイトも概《おおむ》ね似たような結果らしく、ざわめきは止まらない。

「いいかお前たち、いつまでも文化祭気分でいるんじゃないぞ」

　上島先生の説教が始まる。

「来年は三年生。受験生だぞ。気を引き締めなさい」

　三年生なんてまだ先のことだ、と美咲は思う。

「夏で部活もひと段落ついたんだろう。もう、大会もないんだから――」

　ちょっと待ってよ、と美咲は言いたくなった。

　そりゃ、運動部系は夏休みで大会も終わっただろうけれど、美咲の所属している部活は、まだ終わっちゃいない。むしろ、これからが本番だ。あとの上島先生の話はすべて耳を素通りしていった。

「それじゃあ、ホームルームはこれにて終了」

　先生の終了宣言と同時に、クラス中がわーっと解放感混じりの声を上げる。カバンを持ち、それぞれの放課後へと向かっていった。

　美咲はロッカールームに行き、ジャージに着替える。外へ出て、体育館の脇《わき》をとおり、学校敷地内の端の倉庫へ。バレーボール部と共同で使っている古びたプレハブの倉庫だ。

　閉まっているシャッターには目もくれず、脇を通って裏へ向かった。

　そこにはすでに、三人の女子生徒が待っていた。

「やっ」

美咲は手を挙げた。

「あっ、美咲先輩」

「こんにちは」

「お疲れでーす」

三人は挨拶《あいさつ》を返すと、それぞれの作業に帰っていく。舞台見取り図の上に並べたカスガイを一本一本磨いたり、ゼラ（照明の色を変えるためのフィルター）を空に透かして色を確認したり、コンパクトを開いて目周りの化粧を直したり（これは部活と関係ない作業）。いつもの光景になんだかホッとしながら、美咲も置いてあった箱馬に腰を下ろす。

「聞いてよ、私、数学のテストやばくてさ」

誰にともなく話し始める。ああ、ここが私の居場所なんだなと感じる。

池谷美咲、十七歳。駒川台《こまがわだい》高校演劇部のスタッフ女子の一員。役職は、ブタカンだ。

＊

ブタカンというのは、「舞台監督」の略である。

演劇が上演されている間、舞台袖《そで》にいてキャストたちの動きを把握し、小道具を渡したり、登場するタイミングをキャストに確認したり、大道具の出し入れやその他の不測の事態に対応する、「本番中の司令塔」だ。芝居というのは、一度幕が上がったら終演まで何があっても止めるわけにはいかない。自分のことで精一杯のキャストたちのフォローをし、無事に幕を下ろし、舞台上の後片付けまで指示をする。観客席からは一切見えないところで舞台を動かす責務を負う役目である。

そんな演劇部の舞台監督に、少し前まで「舞台監督」という言葉さえ知らなかった美咲が、どうして就任しているのか。それには複合的な運命の作用がある。

美咲は一年生の頃、父親の「脱サラギョーザ屋」という事業の失敗による借金補塡《ほてん》のため、週に五日のコンビニバイト生活を強いられていた。ところがひょんなことからこの借金がチャラになってバイトの必要がなくなり、青春出遅れ気味というコンプレックスを抱えながらも、部活をやってみたいと思った。そこで相談した相手が、小学校時代からの親友、北条《ほうじょう》ナナコだ。彼女は一年生の時に演劇部に入部して、いつの間にやら「舞台監督」になっていたのだ。

部活、始めてみよっかって思って。

——そう告げた美咲に対し、ナナコはこう言ったのだった。

「私の代わりに、舞台監督、やってくれない？」

ナナコはなんと、美咲がバイト生活から解放されたのと同じタイミングで、数万人に一人という病気にかかっていることが判明し、入院しなければいけなくなったのだ。

突然バトンタッチされたブタカンという役、さらに慣れない演劇部の活動、舞台の専門用語、わがままで個性あふれる部員たちの人間関係と、矢継ぎ早にやってくるトラブル、さらには色恋沙汰《ざた》なんかも体験しながら、美咲はなんとかブタカンの役をこなし、先日の文化祭では見事芝居を（完璧《かんぺき》ではなかったにせよ）成功に導いたのだった。

これで三年生は引退。涙々の打ち上げを終え……そして先週のこと。

突如、顧問の伊勢田《いせだ》愛《あい》先生（まだ二十三歳で年も近いので、「愛ちゃん」と呼ばれている）に招集をかけられた。

文化祭を見に来た他校の演劇部の先生から手紙が来ていた。その中には、地区大会への誘いが記されていたのだ。

三年生は受験の大事な時期。断るかと思いきや、どうもみんな先日の文化祭での上演が不完全燃焼だった模様。

「まだまだやるんだぜ！」という雰囲気の波が巻き起こってしまい……結局、地区大会に参加することになったのだった。

＊

「あいうえおいうえおあうえおあいえおあいうおあいうえ」

遠く、昇降口のほうから男子キャストたちの滑舌練習が聞こえてきた。

「かきくけこきくけこかくけこかきけこかきくこかきくけ」

「あいうえお」のあとにひとつずらして「い」からの五音「いうえおあ」、次に「う」からの五音「うえおあい」、さらに「えおあいう」「おあいうえ」。この二十五音を、読点を挟まず一気に言う。そしてそれを、カ行、サ行、タ行……と、ずっとやっていくという、傍から見るとなんとも奇妙な練習なのだった。

男子たち、地区大会が決まってから気合が入っている。文化祭で高校演劇を終わらせようとしていた三年生たちはもちろんのこと、その気迫が二年生、一年生にも伝わっているのだ。もともと、結束力だけは強い男子たち。地区大会という未知の舞台で、彼らとともにまた一つ思い出が作れると考えたら、ワクワクした。

「トミー、またゼラのチェックしてるの？」

倉庫の壁にもたれ、お尻《しり》の下に新聞紙を敷いてゼラを眺めている二年女子に美咲は声をかける。

「いえ、整理をしているだけです」

キノコカットに黒縁メガネ、首の周りにはヘッドフォンというあまり見かけない格好の彼女は、竹富夕宇《たけとみゆう》（通称トミー）。見た目に違《たが》わない理系女子で、当然のごとく、音響・照明といった機械関係を担当している。先輩、同級、後輩に拘《かか》わらず、敬語を使う。

「文化祭と、照明プラン、変わるのかな」

「どれを使うかは、お任せすることにしました」

地区大会は、十月の土日、何回かに分けた日程で行われる。地区内で協力してくれる舞台施設や高校を会場として行われるのだけれど、当然のことながら数週間に渡って貸してくれるような場所はないので、日程によって会場は変わるのだった。駒川台高校の出場する日程の会場は、もともと暁明《ぎょうめい》大学付属高校という学校のステージだったものの、運営側の都合で目黒にあるジョリーシアターに変更になった。普段は劇団が公演を行うれっきとした商業劇場で、この大会の照明・音響プランもプロの人が手伝ってくれるらしい。多くの高校が立て続けに上演するため、演目ごとに照明の設定を細かく変えるわけにはいかない。ゆえにゼラの微妙な色の違いは考慮されず、緑、青、赤などと大雑把に決められてしまうのだ。トミーが「お任せすることにしました」と言ったのは、向こうのスタッフに、ということだろう。

「もーう、狭すぎだよ、この舞台」

箱馬の上に載せた舞台見取り図を眺めていた、ピンクジャージ・ツインテールの一年生女子が言った。

添田梨香《そえだりか》。通称りかぽん。背が低く、声も高く、もしキャストとして小学生の女の子でもやらせたらピカイチだろうと思うのだけれど、見た目からはまったく想像できない大道具担当で、いつもお気に入りのナグリ（舞台用語で「カナヅチ」のこと）を持ち歩いている。腰には、「ガチ袋」と呼ばれる道具入れの袋が装着されていて、ドライバーや、ミゼットカッターなどが顔をのぞかせていた。

「これじゃあ、満足に舞台装置、おけないかも」

舞台見取り図を睨《にら》みつけて嘆きの声を上げる。

ジョリーシアターは商業劇場とはいえキャパシティーは大きくなく、舞台は文化祭で体育館に設置した特設ステージより狭い。大道具はそれに合わせて作り替えなければならないのだった。

「これもう、あんまり時間ないし、いっそのこと大道具ナシにしたほうがいいんじゃない？」

りかぽんの隣で化粧をしていた茶髪・美形の子が、鏡をバッグにしまいながら言った。

川島樹利亜《かわしまじゅりあ》。通称ジュリア。担当は美術、音響補佐、舞台監督補佐、などなど。強気な性格でたまに手に余ることもある。キャストの三年生、西野俊治《にしのとしはる》先輩に好意を寄せており、これは公然の秘密である。

「えー」

「しょうがないでしょ、だってこれ、書き割り置いたら、演技のスペースほとんどないよ」

「やだー」

「文句言わない。与えられた舞台で最善を尽くすのも、演劇の美徳でしょ」

ジュリアらしくない、だいぶ大人な意見に聞こえたけれど、その理由も美咲にはわかっていた。彼女は小学生の頃、芸能事務所に所属して舞台専門の子役として活動していたのだ。いろいろあって今は演劇部のなんでもスタッフをしているけれど、プロの厳しさは誰よりもわかっている。

ちなみにスタッフは美咲を含むこの四人の他に、部長で衣装係の八塚麻衣《やつかまい》（まい先輩）と、小道具その他の野本緑《のもとみどり》（みど先輩）の二人がいる。この二人は今となっては仕事があまりなく、やはり予備校の勉強も大事ということで、最近では週に二日は部活を休むようになっていた。

「美咲先輩、大道具なくなっちゃうかも……」

りかぽんが泣きそうな顔で訴えてくる。

「それはちょっと寂しいね。削るのは仕方ないけど、どうしても必要なものだけは残そう」

　と美咲が方向性を提案したそのときだった。

「美咲くん」

　倉庫の脇からぬっと、細身の顔が出てきた。早乙女《さおとめ》祐司《ゆうじ》。キャストでありながら、脚本・演出をこなす才人だ。『白柚子《しらゆず》姫と六人の忍者』ではストーリーテラーながら主人公清瀬《きよせ》◎《にじゆうまる》に稽古《けいこ》をつける仙人という超重要な役を演じている。

「早乙女先輩、どうしたんですか」

　まだ、発声練習は「がぎぐげごぎぐげごが〜」の段階だ。早乙女先輩もキャストの一員だからこの練習を抜け出すわけにはいかないはずなのに……。

「ちょっといいか、脚本の相談だ」

「え、なんで私？」

「いいからいいから」

　またわけのわからないことが始まりそう……だけど、この人の言うことには逆らえない不文律のようなものがある。

　ニヤニヤする三人のスタッフを残し、美咲は早乙女先輩についていった。

2.

早乙女先輩が美咲を引っ張っていったのは、キャスト連中が発声練習・柔軟体操をしている昇降口前ではなく、普段使わない特別棟裏だった。ソフトボール部が素振り練習をしている。

そのすぐ近くで、ギプスで固められた右腕を三角巾《きん》で吊《つ》るした先輩が一人、ローテンポのスクワットをしていた。西野先輩だ。

「早乙女、なんだよ、こんなところで待たせて」

西野先輩は早乙女先輩の姿を認めるなり、スクワットをやめた。美咲同様、無理やり呼び出されてきたらしい。

「池谷まで呼んできて」

呼び捨てにされたことにドキッとした。

西野先輩、私のこと、「池谷さん」って呼んでなかったっけ? 後輩として、ちょっと距離が縮まったということだろうか。西野先輩は男子キャストの中でも演技がうまく、また群を抜いてカッコイイ。学校内のすべての男子の中でも、五位には入るんじゃないだろうかと思われるほどで、実際、文化祭のときにはファンの女の子たちがきゃあきゃあ言っていたくらいだ。そんな先輩と私、距離が縮まって……。

「美咲くん」

早乙女先輩が話を切り出したので、美咲は「はい」と背筋を伸ばす。

「それから、西野」

真面目《まじめ》なトーンになっていた。

「わかっていると思うが、『白柚子姫と六人の忍者』の脚本は、地区大会には長すぎる」

――実はこれは、目下のところ演劇部にとっての一番の問題だった。

先日、高校演劇・東京都地区大会の出場要項が、顧問の伊勢田愛先生に送られてきた。それによれば、出場校は上演時間を一時間に収めなければならないということだった。たくさんの高校が出場し、一日で五校演じなければならないという事情がある。

これに対し、先週の駒川台高校の文化祭で披露された早乙女先輩の脚本『白柚子姫と六人の忍者』は上演時間が一時間二十分もある。今から別の台本を選んで練習するには時間がないし、何よりもみんな夏じゅう練習してきたこの脚本に愛着がある。ということで選択肢はただ一つしか残っていない。早乙女先輩自ら手を加え、脚本を二十分ぶん短縮するということだ。

「俺は昨日、削ろうとして、予備校の勉強そっちのけで挑んだ」

早乙女先輩は芝居がかった仕草で美咲たちのほうに背を向け、ソフトボール部の練習を見るような格好で後ろ手に手を組んだ。

「しかし、どうも難しい。そこで、苦渋の決断をすることにしたんだ」

「苦渋の決断？」

くるりと再びこちらを向くと、早乙女先輩は人差し指を立てた。

「役を一つ、削る」

「はっ？」「はい？」

西野先輩と声のタイミングが合った。

「『白柚子姫と五人の忍者』にするんだ」

頭の中で、その言葉が意味をもって膨らんでいく。たしかに敵の忍者を一人削れば、その忍者と清瀬◎の戦闘シーンがまるまる一つ削れる。さらにその忍者のセリフ部分がすっぽり抜けるので、脚本をだいぶ短縮できるはずだ。

「ちょっと待て、どの忍者を削るんだ」

西野先輩が慌《あわ》てた。早乙女先輩は腕を組み、目を閉じ、黙り込んでしまった。

「それが思案のしどころなんだ。キャストたちはみな、舞台のために努力をしてきた。誰の努力も無駄にはしたくない。だから」

そして、かっと目を開いた。

「オーディションを開催する」

「オーディション？」

　また西野先輩と声が合った。

「対象者は、石田《いしだ》、兵藤《ひょうどう》、時任《ときとう》、錦野《にしきの》、辻本《つじもと》の一・二年生五人だ。ひとりひとりに演技をしてもらい、また質疑応答をし、最終的に誰の役を削るのかを決める。だが、それを俺の一存で決めていいのか」

　どんどん話を進めていく早乙女先輩。

「だから二人にも、俺とともに審査員をやってほしい」

「待てよ」

「西野。お前は主人公だ。お前を削ることができないのは万人の納得するところだ」

「待てって。俺の他のやつらは？　荻原《おぎわら》の役だって削れないだろう」

「あまり審査員ばかり多くても持て余すだけだ。一番演技の際立《きわだ》つお前に協力を要請する。誰かがやらなければ仕方がないことなんだ」

　こうまではっきり言われては、西野先輩も逆らえないようだった。だけど、

「私は？　私、スタッフですよ。それについこないだまで、演劇のことなんかなんにも知らなかったんですよ」

　美咲の主張は通ってしかるべきだ。しかし早乙女先輩は首を振る。

「君は夏休みを通じ、俺と同じくらいあいつらの演技を見てきている。それどころか、

俺が出ているシーンの練習は、俺は見ていないから、通して一番見ているのは君ということになる」

「でも……」

「それは正しいな」

西野先輩が口添えをした。

「ちょっと、先輩まで何、言ってるんですか」

「池谷は演技を代行したこともあるしな。よし決めた。池谷がやるって言うなら、俺もやる」

「えー、どうしようかな……」

西野先輩が言うなら……みたいなセリフを吐いてみようかと考えたそのとき、ちくっ。二の腕を針のような感覚が襲った。

「いたっ!」

美咲は飛び上がった。早乙女先輩が、どこからか取り出したシャーペンでつついたのだった。

「わかってないな美咲くん、君に選択の余地なんかないんだ」

早乙女先輩は一歩近づいてきた。

「これは演出の俺からの命令だ」

3.

部活が終わって六時半。帰宅した美咲は部屋にこもり、台本とにらめっこしている。

こうして読んでみるだけで、あの文化祭の日のことが頭の中に蘇《よみがえ》る。色とりどりの照明と、丁々発止《ちょうちょうはっし》の効果音。いきいきと立ち回る忍者たち。観客も巻き込んで、それはそれは熱気の溢《あふ》れる舞台空間を作り出したのだ。

だけど今は、そんな感傷に浸っている場合じゃない。詳細をもう少し考えてみなければならない。

──そもそも早乙女祐司作『白柚子姫と六人の忍者』とは、こういうあらすじだ。

時は、真永《しんえい》二年（江戸時代らしいけれど、実在しない年号だ。劇中にはルームランナーやら全自動食器洗浄機などが登場するので、ファンタジックな時空間というのが正しいのかもしれない）。金柑《きんかん》城の城主、氷川権九郎兵衛《ひかわごんくろうべえ》かぼすは病に伏していた。彼は民のこと一切を娘の白柚子姫に託したが、甘やかされてきたこの白柚子姫は領民に重税を課し、贅沢三昧《ぜいたくざんまい》に浸り、諫《いさ》める家臣たちや一揆《いっき》を企《たくら》む者たちを次々と処刑し、権力をほしいままにしている。

苦しめられる民に押されて立ち上がったのが、忍者の清瀬◎であった。彼は白柚子姫の首を取るべく、単身、金柑城に忍び込む。ところが、彼の前には白柚子姫の部下である六人の忍者が立ちはだかる。その中の一人、荻原先輩演じる英〒《はなぶさぽすと》は、なんと幼い頃に生き別れた◎の実の弟だった。この運命のいたずらが、他の五人の忍者も巻き込み、さまざまな衝突やドラマを生み出していく。兄弟は斬《き》り合うのか、忍びの道における仲間とは何か……。

今回のオーディションの対象となるのは、英〒以外の白柚子姫の配下忍者、五人だ。石田くん演じる銀光金剛《ぎんぴかりこんごう》、兵藤くん演じる茗荷谷一刀斎《みょうがだにいっとうさい》、時任くん演じる葉隠狂刻《はがくれきょうこく》、錦野くん演じる月影大音量《つきかげおおねかさ》、そして辻本くん演じる出摩枷龍次《でまかせりゅうじ》。

今日、早乙女先輩から「オーディション」をやると聞かされたときの五人の蒼白《そうはく》の表情を思い出す。みな、戦々恐々としながら、顔を見合わせたのだ。それはそうだ。五人のキャストのうちの誰か一人が地区大会の舞台に立てないことになるのだから。

……考えてみれば、審査員とはなんという重大な役なんだろう。いくらブタカンとはいえ、演劇部に入ってまだ三か月にも満たない自分がやってしまってもいいものなんだろうか？　美咲は知らず知らずのうちに、またプレッシャーに押しつぶされそうになっているのだった。

「美咲——」

部屋の外から母親の声がした。

「なにー？」

「ちょっと、降りてきなさい」

もう、こんなときに。

部屋を出て階段を下りていく。リビングにお客さんの気配があった。

「美咲ちゃん」

「おばさん！」

母親と話し込んでいたのは、ナナコのお母さんだった。

テーブルの上には、ビニールのパックに入れられた小魚が置いてある。美咲はおばさんの斜《はす》向かいの椅子《いす》に腰掛けた。

「どうしたんですか？」

ナナコのお母さんは、なんだか複雑な表情だった。

「ナナコのね、手術の日程が決まったのよ」

先日、ナナコは病室で血を吐いて意識不明の重体に陥った。集中治療室でなんとか容態は安定して、最近は少し話ができるくらいには復活したけれど、以前のように笑えるような状態ではないらしい。そんな病気だけれど、手術してくれるお医者さんのめどは立っている。手術後も投薬が必要になり、助かる見込みは五十パーセントくらいだという。

「でも、とにかく希望がつながったから……」

なんとコメントしていいのかわからない。美咲は黙っている。そばで聞いている美咲の母親も黙っている。

するとナナコのお母さんは無理矢理に明るい表情を作った。

「とにかく美咲ちゃんにはお世話になっているから、これ」

テーブルの上の小魚を、美咲に差し出した。

「これは」

「きびなごの一夜干しよ」

ナナコの大好物、きびなご。今年の六月まで、学校へ持っていくお弁当にろくなおかずを入れてもらえなかった美咲に、ナナコはいつも自分の弁当箱からきびなごの天ぷらをくれた。そして、美咲の話を聞いてくれることで、もやもやを解消してくれた。それだけじゃない。ナナコは入院してからも、病室に押しかける美咲の、演劇部の悩みを聞いてくれ、ときには病室にいながらトラブルを解決してくれたりもした。

——私、ブタカンを美咲に「押し付けた」なんて、思ってないから。

ナナコはそう言ったのだ。

——これから体験する悩みとか全部、『プレゼント』だと思ってよ。

思い出して、胸が、熱くなった。

「おばさん、ありがとうございました」

美咲は頭を下げる。

この悩みはナナコからのプレゼント。……いや、ナナコとともに体験する部活の時間の一つなのだ。頑張らなきゃ。

4.

……と誓ってはみたものの、翌日のオーディションで、美咲はすでに気が滅入《めい》りそうになっていた。

『我は清瀬◎』

セリフを言い、相手に人差し指を突きつける。本来ならば西野先輩の演じる役だ。腰にはビニールテープを巻き、刀に見立てた木材を差している。

柔軟体操をしているソフトボール部の女子たちの視線を感じる。恥ずかしいけれど、もうしかたがない。

オーディションの内容はこうだ。

対象者はいつもの昇降口に溜《た》まって名目上の自主練を行い、一人ずつ特別棟裏のスペースへ呼び出され、自分の一番自信のあるシーンを演じる。さらに、美咲を含む三人の質問に答え、自分の役に対する熱意をアピールする。……というわけで、昨日、美咲と西野先輩が呼び出されたソフトボール部の練習スペースの近くが「オーディション会場」となっている。

そして今、美咲は西野先輩の代役を任され、ソフトボール部の女子・顧問たちに好奇の目を向けられているのだった。

『帰れ』

◎の前に立ちはだかるのは、時任正厚《まさあつ》くんが演じる葉隠狂刻。美咲は刀に見立てた木材に手をかける。

『どかないならば、お主を斬る』

『お主の周りの時間は焦《あせ》っておる。そのスピードではけして光に追いつくことはできまい。重力レンズの餌食《えじき》になるがオチだ』

懐《ふところ》から懐中時計を取り出して見せつけてくる葉隠。

『意味のわからぬことを！　覚悟！』

美咲は刀を振り上げ、彼に襲いかかる。

『回時、漏刻《ろうこく》、mc自浄！』

『くぐっ……』

美咲はゆるゆると吹き飛ばされる演技をした。そして先ほどのポーズに戻る。

『我は清瀬◎……はっ。俺は何を？』

『時間を信頼しすぎる愚か者め。速度と重力のシンフォニーの前では、時間など砂糖細工の城にすぎん』

葉隠狂刻の必殺技、『漏刻の術』。彼は懐中時計を使って、時間を少しだけもとに戻すことができるのだ。

ぱんぱん。

早乙女先輩が両手を叩《たた》き、二人の演技はストップする。ちらりとソフトボール部を見ると、くすくすと笑っていた。

「だいたいわかった。美咲くん、戻っていいぞ」

戻っていいも何もない。ひょっとして早乙女先輩、腕を折って演技が満足に出来ない西野先輩の代わりをさせるためだけに私を審査員にしたんじゃ……美咲の疑惑は膨らんでいく。

「時任」

美咲の疑惑などどこ吹く風、早乙女先輩は質疑応答を始めた。

「お前、今の演技で納得いかないところがあるか？」

「いえ。今まで練習したことをすべてぶつけたつもりです」

一年生ながら、自信家の時任くんらしい答えだった。絶対に自分は他の四人には負けないという気迫が伝わってくる。

「俺、演劇部に青春をかけたいと思っていますから」

こういうところは頼もしいと思う。演技も上手《うま》いし、声も通る。それでいて、男子たち全員が騒いだりふざけたりするときにもノリがいい。たぶん来年以降、彼が演劇部の中心になるだろう。

たぶん時任くんは残るだろうな。美咲はどこか他人ごとのように、そう感じていた。

＊

「はーああ、最悪……」

下校時刻が迫り、あたりには夕闇《ゆうやみ》が立ち込めている。美咲もスタッフの一人なので、片付けを手伝いに来た。

りかぽんが一人残って、おが屑《くず》をほうきで集めている。トミーとジュリアはもういなかった。

「オーディション、どうだったんですか？　どの役がなくなったんです？」

「それがね……」

美咲は立てかけてあるちりとりを取って、しゃがみこむ。そして、さっきまでのことを話した。


オーディションは時任くんのあと、錦野くん、辻本くん、石田くん、兵藤くんの順番で行われた。その都度美咲は清瀬◎の役を任されて立ち回り、ソフトボール部の苦笑を背中に感じた。それぞれへの質疑応答では五人とも「地区大会に出たいです」と声を揃《そろ》えて言い、みんなの演劇に対する思いを改めて知ったのだった。

本来、一人十分くらいの時間を予定していたのだけれどだいぶ押してしまい、兵藤くんが終わった時点で、下校時刻十分前だった。宙ぶらりんの五人には「結果は明日発表、解散！」と強引に早乙女先輩が告げ、この日の部活は終了となった。直後早乙女先輩はくるりと美咲と西野先輩のほうを振り向き、

「いいか、このあとダイオウイカに集合だ」

そう言った。ダイオウイカというのは、駒川台高校の裏にある公園の通称だ。ダイオウイカの形をした滑り台の遊具に由来する。

「今夜は夜通し話すことになるかもしれないから覚悟しておけ」

冗談を言っているようには見えなかった。演技かもしれないけれど、でも、前にも夜

の校舎に忍び込んで脚本を仕上げようとした早乙女先輩のことだ、本気度は高いに違いない。夜の公園。なんとなくファンタジックなことが起こりそうなその空間は、いかにも早乙女先輩に似合う。

「ええ、でも……」

携帯電話を渡され、さらに家族みんなが美咲の部活を応援してくれているとは言っても、電話一本で外泊（しかも公園）というのは言いにくい。娘が不良になってしまった、とでも両親は心配するのではないだろうか。

美咲のその不安が顔に出ていたのだろう。西野先輩が助け舟を出してくれた。

「無理にとは言わないよ。夕食は家で食べないと心配するだろうし」

「はい……でも、外泊してもいいか、聞いてきます」

早乙女先輩も別にこれには反対せず、各々《おのおの》夕食は家で済ませ、八時にダイオウイカ集合となったのだ。

「えー、ってことはこのあと、まだ話し合うんですか？」

りかぽんが目を丸くする。

「うん。そういうことになっちゃった」

「へえ、大変なんですね、ブタカンって」

「うん。もう、後から来た私がなんでこんなことやってんだか」

とため息をついたそのときだった。

「美咲先輩」

倉庫の陰から、ひょっこり顔をのぞかせた男子がいた。

「辻本くん」

なんだか、少し暗い顔をしている。りかぽんは何かを察したのか、美咲の手からちりとりを奪うように取り、「おっつかれでーす」とわざとおどけたように言って、去っていった。

「どうしたの？」

「先輩、俺、今日のオーディション……」

下校時刻が迫る夕闇の中、辻本くんは目を伏せたまま、話し始めた。

5.

夜の住宅街。秋の空気が、自転車の上の美咲の頬を撫《な》でていく。

美咲は、初めての体験にドキドキしていた。

さすがに「夜の公園で男子の先輩二人とひと晩過ごすかも」とは言えず、両親には「部活のことで緊急の相談があって友達の家に泊まる」と言った。両親は娘に普通の高校生活を送らせてやりたいという気持ちが強いので、美咲の演劇部ライフを応援している。「向こうのおうちにご迷惑をかけないようにな」と言われただけだった。

……親に嘘《うそ》をついて、夜の外出。こんな経験は初めてだった。

中学の同級生には、毎夜バイクを乗り回したり、悪い人たちとつるんでいる子もいると噂《うわさ》で聞いている。思えば自分は、なんて優等生な子だったのだろうと思う。高校入学以来、ずっとバイト漬けで不良コースの選択肢すら与えられていなかったという事情はあるけれど、もしギョーザ借金生活がなかったとしても、波風を立てない、おとなしい高校生活を送っていたに違いないのだ。演劇部のみんなは、感覚は普通とは言えないかもしれないけれど、不良というのとは断じて違う。だから、こういう親に嘘をつくという経験そのものが自分にとって大きな冒険なのだ。……とりとめもないことを考えながら、ペダルを踏み込み続ける。

ダイオウイカの公園にやってくると、すでにベンチに西野先輩がいた。白いTシャツの上に七分袖シャツ。色の薄いデニム。

「おう、池谷」

骨折をしていないほうの手を上げた。先輩の座っている脇には小さなリュックサックがあり、その脇のコンビニの袋からは二リットルのペットボトルと、「バロン・ド・ショコラ」と書かれたスナック菓子のパッケージが覗《のぞ》いている。

「早乙女先輩はどうしたんですか？」

「まだ来てない」

公園の時計は八時五分前を指していた。美咲は自転車を押して、先輩のそばへ歩いていく。街灯に照らされた先輩の顔は、やっぱり作られたみたいに整っている。そりゃジュリアも好きになるはずだわ、と自転車のカゴからスクールバッグを取りつつ、美咲は思った。

＊

「池谷」

西野先輩は口を開いた。

「夕飯、何食べた？」

「きびなごと、味噌汁《みそしる》です」

「きびなご？　なんだそれ」

「あのー、これくらいの魚で、ナナコの好物なんですよ」

「へー」

「あ、そういえばナナコ、手術の日程決まったそうですよ」

「え、そうなの、そりゃよかった」

その後完治する確率については言わなかった。西野先輩も訊《き》かなかったので、そのまま会話は途切れてしまった。

「西野先輩は？」

しばらくしてから、今度は美咲が訊いた。

「何、食べたんですか？」

「冷凍食品の蕎麦《そば》を茹《ゆ》でて、生卵を落とした」

「あれ、自分で？」

「うん」

「ご家族は？」

西野先輩は美咲のほうをちらりと見て、またすぐに足元に目を移す。

「うち、母子家庭でさ、母親は夜もパートなんだよな」

「あ、そうなんですか」

しまった。こういう話題には疎《うと》い。反応に困る。

「だから夜はいつも一人のことが多いんだ」

「夕食も一人で？」

「気楽なもんだよ。書き置きしてくれれば、外泊しても特になんにも言われない」

普段はそんなことは全然話題にしないので、意外だった。家庭の事情というものはいろいろある。バイト時代は自分のことで精一杯で、他人の家のことなんか気にしたことはない。部活を始めてからも、他の部員の家のことをゆっくり聞くことなんかなかった。

「それにしても早乙女、遅いな」

西野先輩が言った。

「そうですね」

公園の時計を見上げる。八時十五分。これはもう遅刻といっていい時間だ。

「ちょっと電話してみます？」

美咲はスクールバッグから携帯電話を取り出した。

「あれ、池谷、ケータイ持ってたっけ？」

「こないだ買ってもらったんですよ」

今どきの高校生はみんな持ってるんだろ？　という父親の一言により、姉と一緒に買いに行った。スマホではなくても、ギョーザ借金時代から考えれば贅沢過ぎるほどの贅沢だ。まだ使い慣れていないけれど、早乙女先輩とは番号を交換済みである。着信履歴ってところを選択すれば、早乙女先輩の電話番号が表示されるはずだ。

「番号、交換しよう」

「あ、いいですよ」

何の気なしに応じてしまったけれど、こういう時、ためらったりするものだろうか。でも別に嫌じゃないし、何より部活の連絡に必要になることがあるかもしれない。なんか言い訳めいている？　美咲は自問してみた。

番号を交換したあと、結局、早乙女先輩への連絡は、西野先輩が入れてくれることになった。

「もしもし……あれ？」

現在電話に出ることができません、のメッセージが聞こえてきたらしい。

「何やってるんでしょうね」

と美咲が言ったとき、がさりとコンビニのビニール袋が音を立てた。

「冷たっ」

首筋に水滴が落ちた。

「え、雨？」

頭上を見上げると、頬に二つ水滴が落ちた。バラバラバラと、周囲の植木が音を立てる。街灯の光の中に水の筋ができていて、すぐに本降りになりそうだった。

「やばいやばいやばい」

リュックとビニール袋を左手でつかむ西野先輩。そのまま、「ダイオウイカの中に避難だ」と走り出した。美咲もスクールバッグを取ってそのあとに続いた。

＊

降り出してから四、五十分も経っただろうか。雨足は強くなる一方で、コンクリート製のダイオウイカの滑り台は悲鳴のような音を立てている。

内側が筒状になっており、はしごの上に屋根があるので、ダイオウイカの中には雨は入ってこない。とはいえ、さっきよりだいぶ肌寒くなってきた。

「早乙女先輩、来ないんじゃないですか、この雨じゃ」

美咲は西野先輩を振り返った。先輩はやたら明るいペンライトを出し、リングノートを懸命に眺めている。

「そうかな、連絡も取れないし」

「解散にします？」

「この雨の中をか？」

西野先輩の右手には三角巾。ギプスを濡《ぬ》らして帰るのはまずいだろう。美咲は別に濡れて帰ってもいいけど、先輩を置いて帰るのは気が引ける。いずれにせよ、もう少し雨宿りをしていたほうがいいかもしれない。

「池谷。実は俺、今日、途中まで早乙女と一緒に帰ったんだけど」

先輩は急に、話題を変えた。

「ああ、はい」

「あいつ、ひょっとしたらもう、誰を削るのか決めているのかもな」

「え、そうなんですか？」

「『脚本を変えるビジョンは、今日のオーディションを見てほぼ出来上がった』とかなんとか言ってた」

「じゃあ、夜通し話すっていうのは？」

「いつもどおりの大げさな表現だろ。ここで俺と池谷に結果を発表して、すぐに解散するつもりだったんだ」

「なーんだ」

……でもそういうことだと、美咲と西野先輩は呼び出されたまま、雨で帰れない状態に陥ったことになる。

「なあ、早乙女がどの役を削ろうとしているのか、考えてみないか？」

「西野先輩と、私で？」

「一応、俺ら、審査員だし」

引き受けた役だから、最後まで全うしようということか。一人を落とすという気まずい責任を少しでもシェアして軽減したいという気持ちもあるかもしれない。

それに……早乙女先輩が何を考えているのか、というのは、駒川台高校演劇部にとって、いつでも永遠の謎《なぞ》のテーマな気もした。それを、キャストのエースとも言える西野先輩と二人でじっくり考える。これは演劇部のブタカンとしての仕事の一つなんじゃないだろうか——悪くない。

美咲はペンライトの光の中の先輩の顔を見て、うなずいた。

6.

「単純に演技力だけで言ったら、石田と時任は外せないだろうな」

西野先輩のリングノートを、美咲も覗き込む。ダイオウイカの中は狭いので、コンクリートに背を預け、隣同士に座るしかないのだ。先輩と急に近くなっているのが気恥ずかしい。

「私は、その……演技のことを言われても」

リングノートに書かれた五人の名前と、演技面のメモ書きなどを見て、美咲は首をかしげる。

「いいんだよ、カンで」

たしかに、石田くんと時任くんの演技は上手い。だけど、他の人が下手というわけじゃない。

「たしかにその二人の演技には迫力があります。発音もしっかりしているし、動きも切れがあるし。……でもたとえば、演技の味っていうか、一度見たら忘れられないクセのあるキャラ、っていうのも大事じゃないですか？」

「っていうと？」

「兵藤くんです」

二年生の兵藤くんは体が大きく、動きもあまり切れがない。けれど、彼が演じている茗荷谷一刀斎というキャラクターは老人なのでそんなに激しい動きは要求されない。しかも、ふだんはもごもごしゃべっているようにも聞こえる兵藤くんの声が、茗荷谷の「ふぁー」とか「へぁー」とか妙に気の抜けた喋《しゃべ》りとマッチしているのだ。

「わかってんじゃん、池谷」

西野先輩はギプスの肘《ひじ》で美咲を突《つっ》く。

「あれは兵藤自身のキャラを念頭に置いたアテ書きで、早乙女も相当気に入ってるはずだ」

「ですよね」

思いを共有できたことに、少なからず喜びを感じる。

「となると、あとは辻本と錦野だけど」

辻本くんと錦野くん。この二人の一年生のことになると、美咲の中にオーディション
とは関係ない感情が生まれてくる。

「たしかに、未《いま》だに演技で気になるところはいっぱいあるんだよな、二人とも」

美咲の思考とは別のところで、西野先輩は膝《ひざ》の上に広げたリングノートにペンライト
を当てて難しい顔をしている。

「演技の上手さじゃなくて、別の観点で考えません？」

美咲は提案した。

「別の観点って？」

「たとえば、この脚本における、役の必要度みたいな。早乙女先輩のことだから、演技
は一応見たけれど、やっぱり話の内容で考え直す……とか言いそうな気がします」

「ああ、確かにな」

「そうするとやっぱり、茗荷谷一刀斎は外せないんですよね」

茗荷谷はラストシーンで清瀬◎の記憶を奪うという重要な役を担《にな》っている。もしこの
役を削ると、◎の記憶を奪う方法を別に考えなければならないが、「ミョウガを操って

他人の物忘れを誘う」という、早乙女先輩にしか考えつかないようなトリッキーな忍術を、この脚本から外してしまうのはもったいないと思うのだった。

「そうだな。他の四人の重要度っていうのは……」

「私も考えているんですけど」

「同じくらいか」

「同じくらいですよね、やっぱり」

しばらく沈黙してしまった。――このままじゃ、どの役も削れない。いったい早乙女先輩は何を考えているのか。

「こういうのはどうだ？」

西野先輩が口を開いた。

「その役を削ることによって短縮される時間の長さ」

「というと？」

「そもそも今回オーディションが行われることになったのは、オリジナル版の『白柚子姫と六人の忍者』の上演時間が長すぎるのが原因だろ。そしたら、単純に考えれば出番が長い役を一つ削るのが手っ取り早い」

美咲の頭の中に、ひとつの役が浮かび上がる。

「それはつまり……」

「出摩枷龍次だ」

一年生の辻本くんが演じる出摩枷龍次は、「偽渦巻の術《いつわりうずまき》」という不思議な忍術を使う。あとからあとから思いつくままに出まかせを並べることにより世界観を捻《ね》じ曲げ、相手の精神を蝕《むしば》んでいくのだ。その特徴ゆえ、セリフはとにかく多く、一番長いところで三ページに渡る。

これを削るというのはたしかに合理的だ。でもこの提案に、美咲はどこか物憂《ものう》いものを感じた。

――美咲先輩

今日の放課後、倉庫の裏にやってきた辻本くんの顔が頭をよぎる。

――どうしたの？

――今日俺、トチってしまいました

たしかに、今日のオーディション、辻本くんはセリフを何度も間違えたり詰まったりしていた。

――大丈夫だよ

美咲はなぐさめた。

辻本くんはバドミントン部と演劇部を兼部している。夏休みには練習にくる、こないでトラブルが起こり、美咲は解決に奔走した。その過程で辻本くんの部活というものに対する思いを知り、それまでなんとなく「部活をやってみたい」と思っていただけの自分を反省し、意識的に頑張ってみようと決意したのだった。それ以来美咲は、辻本くんのことをなんとなく気にかけていたのだけれど、長ゼリフをものにし、演技力も磨き、文化祭では一度も失敗しなかった。出摩枷龍次は、辻本実《まこと》というキャストがいろいろな困難を乗り越えて完成させた役であり、美咲を演劇部員として成長させてくれた役でもあるのだ。そんな役を、単純に「セリフが長いから」という理由で削るのは心が痛む。辻本くんが地区大会の舞台に立てないのを見ているのは辛《つら》い。

辻本くんのことを考えても、美咲自身のことを考えても。

7.

バロン・ド・ショコラは、かなり甘いチョコレート菓子だった。砂糖の塊、いや、砂糖以上の甘味を生み出す何らかの人工甘味料かもしれない。手についたチョコレートをハンカチで拭《ふ》きつつ、なんかしょっぱいもの……ああ、父親のギョーザが久しぶりに食べたいなと美咲は思った。

「これ、甘すぎるな」

数十センチ脇の西野先輩が同じ感想を漏らした。

「池谷、甘いものが好きかなと思ったんだけど」

「え、私のため？」

ちょっと嬉《うれ》しい。西野先輩は笑って二リットルペットボトルに直接口をつけ、烏龍茶《ウーロン》を飲む。

「いる？」

本当は欲しかったけれど、西野先輩の口が触れたペットボトルを直接、というのが恥ずかしく、「いいです」と言った。雨はまだ、降っている。

「月影大音量はどうかな」

ペットボトルのふたを閉め、コンクリートの上に置きながら西野先輩が言った。

「あれ、どうしても必要という感じはしなくないか？」

「ああ……」

錦野くんが演じる忍者、月影大音量。声を固めて相手に投げつけるという忍術を使う。石田くんの銀光金剛との声の時間差の掛け合いのタイミングが難しく、何度もダメ出しを食らった。そのかいあって、このシーンは文化祭公演では観客の大笑いを巻き起こしたのだ。だけど、

「たしかに五人の中では一番、役に立たない忍術というか」

「弱いだろ、あれ」

西野先輩は笑った。

声を固めて相手に投げつける。投げつけられた相手は投げつけられた言葉を、自分の意識とは別のところで口にしてしまう。……それだけの忍術。

「でも私、好きですよ、あのセリフ。『口は災いのハードウェア、声は災いのソフトウェア』」

月影大音量の決め台詞《ぜりふ》だ。でも、本当に、ただそれだけの忍術。

「やっぱり、錦野の役だから削れない？」

西野先輩は突然、そんなことを言ってきた。

「な、何、言ってるんですか」

「ごめんごめん。でもまあ、あんまり聞く機会がないから。……錦野と、付き合う気はないの？」

「ああ、いや、すみません」

美咲は実は、錦野くんに二か月前に告白されている。だけど返事をうやむやにしているうちに早乙女先輩が出した「文化祭が終わるまでは、恋愛禁止」という指示により返事は保留。そして文化祭が終わったあと、すぐに地区大会に出ることになったので、美咲の中では「先延ばし更新」ということになっている。

「なんで俺に謝るんだよ」

「そうですね、はは……。私、バイトばっかりしてたんで、あんまりそういうこと言われても、ピンとこないんですよね」

「断るの？」

「そのー、断るっていうのも、やり方がわからないんですよね」

「付き合えない、って言えばいいじゃん」

「言えますか、そう簡単に」

西野先輩は笑いつつ、チョコレートを口に運ぶ。雨の音は止《や》む気配もない。——なんだか、顔が熱くなってきた。オーディションのことに集中できない。

「西野先輩はどうなんですか？」

「ん？」

「付き合ってる人とか、いるんですか」

すると西野先輩は美咲の顔を見て、首をすくめた。

「いいだろどうでも。オーディションのことに集中しろよ」

「あっ、ずるい。先にそっちが聞いたのに」

美咲は少し突っ込んでみた。

「いたよ」

あっさりと答えが返ってきた。

「中学三年の終わりから、今年の三月までな」

「へー」

やっぱりいますよね、西野先輩ともなれば、彼女くらい。でも、過去形……？

「どういう人だったんですか？」

先輩は「あー……」としばらくためらっていたけれど、ペンライトの薄暗い光の中で美咲の顔をしばらく見つめると「ま、いっか」と言って、身の上話のようなことから語り始めた。

「俺の家、母子家庭だって言っただろ？　で、俺、小さい頃から鍵《かぎ》っ子でさ。友達と遊んで家に帰っても、そのあと八時か、遅い時は九時半すぎまで一人だったわけ」

その一人の時間を、先輩はテレビを見ることによって埋めていた。お笑いやトーク中心のバラエティ番組よりも、映画やドラマのほうが西野少年にはお気に入りだった。そしていつしか、西野少年はドラマの中の俳優の真似《まね》をするようになった。

「で、花恋《かれん》と……その彼女の名前なんだけど、三年生のあるとき仲よくなって、家に上げて、話の流れでその演技をしてみたんだ。下手くそって笑ってくれればよかったんだけどさ、」

彼女は西野先輩の演技を見て「マネキン人形みたい」と言ったのだそうだ。

「演技に心が入っていないとか、そういうことですか？」

美咲は訊いた。

「いや、今でもよくわからないんだけど、そのときの彼女の眼差《まなざ》しがあまりに真剣で。で、一度、テレビじゃなくて舞台を見るといい、なんて言われてさ」

数日後、母親が偶然、パート先で演劇のチケットを二枚もらってきた。母子水入らずでその舞台を見にいって、西野少年は感動した。動き、セリフ、ほとばしる汗。役者から直接放たれる演技の熱を感じた。

「次の日、学校で花恋に宣言したんだ。高校じゃあ演劇部に入って、演技を真剣にやってみるって」

人に歴史あり。演劇を始めようと思ったきっかけにも、いろいろある。

「それで、付き合い始めたんですか」

「いや、付き合い始めたのは卒業式の日からだな。高校が別々になったから、そのまま別れるのがなんとなく嫌で。高校入ったあとは、土日に会ったりして。俺の出る演劇部の公演は、ちゃんと観《み》に来てくれてた」

ふーん、いいじゃない。なんて、経験がないくせに美咲は思った。

「どうして別れちゃったんですか？」

「それがさ」

はっ、と西野先輩は笑う。

「あいつ、春に高校を辞めて、ニューヨークに行っちゃったんだよ」

「ニューヨーク!?」

予想外の地名に、美咲は声を上げる。

ずっと西野先輩に黙っていたのだけれど、花恋さんはプロのダンサーを目指していたのだ。その事実を突きつけられ、一方的に別れを告げられた西野先輩の心の中には何とも言えないもやもやが残った。それが、今年の三月の話だそうだ。

「まあ、昔から華やかな世界に憧《あこが》れていたのはわかっていたけれど、まさかニューヨークでプロダンサーを目指すとはな。こっちはしがない都立高校の演劇部だっつうのに」

「先輩は、大学に進んでも演劇をして、ゆくゆくはプロ、っていうふうに考えてないんですか?」

「ないない」

西野先輩は手を振った。

「そんな甘いもんじゃないだろう。それに、母親をしっかり支えてやらなきゃっていう気持ちがまあ、俺にはあるわけ」

恥ずかしそうだった。

「だから、ちゃんと就職のことを考えた上で進学しようってね」

「へぇー」

立派だ。きっと西野先輩は立派な社会人になるに違いない。間違えても、子供を二人抱えているのに脱サラしてギョーザ屋をはじめようなどとは考えないような。

「池谷」

先輩は突然、美咲のほうに顔を向けた。

「はい？」

「お前、聞き上手だよな。俺、花恋のことも、進学のことも、誰にも話したことないのに」

「早乙女先輩にも？」

「早乙女がもし俺の家庭のことを知っていたら、清瀬◎みたいなキャラクター設定にするはずないだろ」

「え？　……ああ」

清瀬◎は、幼い頃に弟と生き別れ、母親を白柚子姫の圧政のために失っている。いくら早乙女先輩とはいえ、西野先輩の境遇を知った上でこんな脚本は書かないだろう。

「そうですよね、なんか、変なことを言ってすみませんでした」

「気にしてないよ。それより、話して気が楽になった。ありがとな」

ドキッとする。

「今の話は、内緒ってことで」

唇の上に左手の人差し指を当てた西野先輩の顔は、カッコいいというより可愛《かわい》かった。

美咲は心臓が高なるのを隠すように、笑顔を作ってうなずいた。

なんだか、顔が熱くなって喉《のど》が渇いてきた。美咲は「いただきます」とペットボトルを取り、キャップを外して烏龍茶を喉に流し込んだ。西野先輩が手を伸ばしてくる。ペットボトルを渡すと、西野先輩も同じく烏龍茶を飲んだ。

「早乙女先輩、もう来ないですかね」

雨の降る外を眺める。街灯の近くに設置された時計は、いつのまにか十時半を指していた。

「ああ……」

「帰ります？」

本当は全然帰りたくない。もっと、先輩と話をしていたい。

「この雨の中をか？」

数時間前と、同じようなセリフ。だけど西野先輩は、こう言葉を継いだ。

「もうちょっと、一緒にいようぜ」

＊

——池谷
虚《うつ》ろな意識の美咲の耳元で、西野先輩の声がした。
あれ、私、どうしたんだろう。あのあともずっと話をして、眠気を我慢していたのは覚えているけれど。いつのまにか、スクールバッグを枕《まくら》にしていた。
——私、寝てませんよ
——そんなこと、言ってないよ
雨の音は、しているのかしていないのか……。納得して、削る役はやっぱりこれだと二人で同意したのは十二時すぎだったと思う。
——……わいいな、お前
え？　なんて言ったの、先輩。
美咲は目を閉じる。
頬に、Tシャツの感触。腕には三角巾越しのギプスの感触。目の前にはコンクリート。自分の足と、烏龍茶の二リットルペットボトル。コンビニの袋からはやたら甘いチョコレート菓子が覗いていて……そして、すぐ脇に、西野先輩の足。

――はい？

――……わいいな……

またよく聞こえなかった。先輩、何を言ってるんですか？

――……きかな、って思うよ、お前のこと
えっ、えっ？　私のこと、何て？

――つきあってみないか……

そんな。西野先輩、まさか。

ぼんやりする。先輩の声も、夢の淵《ふち》から聞こえてくるようだ。

ダイオウイカの外の闇には、街灯の光を弾《はじ》く水の筋。やっぱり雨はまだ降っていて、先輩とずっと一緒にいられそうだった。

8.

「この『させたまはで』という部分ですが、『させ』は尊敬の助動詞『さす』の連用形、『たまは』は尊敬の補助動詞『たまふ』の未然形。つまり尊敬語を二つ重ねた最高敬語になっておりますね」

美咲は、教壇の向こうで淡々と語る古典の葛城《かつらぎ》先生の顔を見つめている。背の低いおばさん先生。どうしてこんなに声が高いの？

「これは誰から誰への尊敬かというと、そう、語り手である大宅世継《おおやけのよつぎ》から、花山天皇への尊敬ですね」

すべては耳を素通りしていく……寝不足であるはずなのに、頭はぼーっとしているが、眠いという感じではない。すでに五時間目。美咲の思考は今日一日どの授業中も、あることに支配されていた。

今朝の公園だ。

美咲がハッとすると、西野先輩のペンライトは消えていた。そして、ダイオウイカの外の夜は白んでいた。肩に感じるのは、筋肉質の肩の感触。

「先輩」

美咲は慌てて身を起こす。七分袖シャツを体にかけられていた。

「ああ……」

西野先輩は美咲の顔を見てにっこり笑っていた。Tシャツ姿だった。三角巾を一度外したうえで上のシャツを脱ぎ、美咲にかけてくれたことになる。

記憶をたどる。……花恋さんの話を聞いたあと、再び役のことを話し合っているうち、美咲は眠くなってきたのだ。首を振ったりまぶたの運動をしたり、腕をつねってみたけれど、西野先輩の声はどんどん遠のいていった。結局、二人でひとつの答えらしきものを導き……そのあとの「……わいいな」のあたりのことは現実だかどうか、わからない。ましてや「つきあってみないか」の言葉なんて。

「私、寝てました？」

「そうだな」

とたんに恥ずかしくなった。髪の毛を整える。シャツを先輩に返すと、急に寒くなってくしゃみが出た。

「それ、着てていいよ」

「いや、もう帰らないと」

ダイオウイカから這《は》いずり出る。時計は四時をさしている。自転車は雨露に濡れていた。

「池谷」

先輩が呼び止める。美咲は振り返った。西野俊治先輩の、キリッとした顔がたしかにそこにあった。

「俺たちの結論、あれでいいんだよな」

ドキドキする。心臓が飛びでそう！　もちろん、削る役のことだというのはわかっているけれど。

「はい」

美咲はぺこりと頭を下げ、濡れたハンドルを握り、サドルにまたがった。ジーンズのお尻の部分が濡れるのを感じた。

「じゃあまた今日の部活で」

それだけ言うと、ペダルを踏み込み、美咲は公園を出た。雨を吸った公園の砂がタイヤにまとわりつき、重かった。

秋の雨上がりの早朝の空気。肺に入って冷たい。肩にまだ、西野先輩の体温が残っている気がした。ドキドキした。家についても玄関を開け、家族を起こさないように自分の部屋に戻り、ベッドに潜り込んだ。そのまま、眠れなかった。

西野先輩。

私はどうして、西野先輩の顔を忘れられないんだろう。先輩がカッコイイから。今まではそう思ってきた。だけど、ひょっとしたら、私……。

——……わいいな、お前
——……きかな、って思うよ、お前のこと
——つきあってみないか……

ガクッ！

体が沈み込む感覚がして、慌てて姿勢を正す。ペンケースが、机から落ちていた。

「なに、どうしたの？」

気持ちよさそうに解説していた葛城先生が驚いてこちらを見た。

「す、すみません」

頭を下げる。周りのクラスメイトたちが笑っている。

自分が思っている以上に思考を支配されていることを、美咲は自覚した。

いけない、いけない……。このあとは、オーディションの結果発表が待っているのだから。

9.

演劇部の面々が肩を並べて座っているのは、いつもの昇降口の前だ。キャストだけではなく、まい先輩とみど先輩を含めたスタッフ女子も全員揃っている。昨夜の雨が嘘のように晴れているが、風はもう夏の気温ではなかった。

「待たせたな」

颯爽《さっそう》と登場したのは、早乙女先輩だった。男子キャストの一部がぴりりとする。昨日オーディションを受けた五人だ。

美咲はふと視線を感じた。右肩越しに振り返ると、数メートル離れた段に西野先輩が座っている。目を合わせると、真剣な顔でうなずいた。

「昨日のオーディションのあと、俺と、主演の西野、そして舞台監督の池谷美咲くんと集まって話し合った結果、ひとつの結論が出た。やはり、役を削ることとする」

集まって話し合った結果、という部分はもちろん嘘だ。

美咲と西野先輩は昼休み、早乙女先輩に例のソフトボール部の練習場に呼び出されて昨日の事情を説明されていた。

早乙女先輩は昨夜の夕食後、家を出ようとしたところで親御さんに捕まったのだそうだ。ここのところ予備校にも行っておらず受験勉強がはかどっていないじゃないかと説教を食らってしまい、かくなる上はと携帯電話を親御さんに叩きつけて自室に籠城《ろうじょう》した（……と表現していたのだけれど、きっと携帯電話を取り上げられ、部屋から出ずに勉強しろと命令されたんじゃないだろうか）。だが勉強するふりをして、早乙女先輩は削る役を独自に考え、せっせと脚本を直していたのだ。しかも、パソコンのキーボードの音で勉強をしていないのがバレるのを防ぐために、シャーペンによる手書きで！

西野先輩は、ダイオウイカの中で眠い頭を振りながら二人で出した結論を告げた。すると早乙女先輩は「俺もその役を削るつもりで脚本を書いた」と答えた。——つまり、審査員三人の意見は一致したことになるのだった。

あとは結果をみんなに伝えるだけ。伝え手は当然、早乙女先輩が担うことになった。

だけど、いざみんなのそばにくると、美咲まで緊張する。

役を削られる彼の顔を、うしろめたくて見ることができない。

「削られる役は……」

目をつぶった。彼が一生懸命、セリフや動きを練習していた光景がまぶたの裏に浮かんだ。彼だけが地区大会の舞台に立てないなんて、そんなのやっぱり、理不尽すぎる。

しかし、早乙女先輩は声の抑揚を変えず、その結果を告げた。

「出摩枷龍次だ」

ふう、というため息が、また重なった。

演劇部全体が、一気に黒雲の中に入ったようだった。この三か月で一番重い沈黙が、ずしりとのしかかってくる。

「辻本」

「……はい」

早乙女先輩の呼びかけに対し、役を削られたばかりの辻本くんは蚊の鳴くような声で応じた。

「お前がこの夏休み、出摩枷龍次という役とともに生きてきたのは知っている。だからこれは苦渋の決断なんだ」

「……はい」

　バドミントン部と兼部をしながらも努力をしてきたという自負。他の四人よりも劣ると言われたような悔しさ。この場の雰囲気を乱してはならないという優しさ。いろいろなものが辻本くんの横顔から伝わってくる。何よりも美咲は、部活というものに対する思いを彼から教えてもらったという負い目がある。

「ちょっと待ってください！」

　そのとき、立ち上がった部員がいた。石田くんだった。

「どうしてまこっちゃんを落としたのか、その理由を説明する責任が、三人にはあると思います」

　そうだ。その筋は通さなければならない。

　美咲はとっさに立ち上がった。そして、「あのね、辻本くん……」と話し始めた。

「いいよ、池谷」

　西野先輩が遮る。

「俺が話す」

「西野先輩……」

「辻本、出摩伽のセリフはとにかく多い。それを削れば大幅な時間短縮になる。それから他の四人は話を進める上で重要だったり、ユーモアがあったりする。そういったことを考慮して、お前を舞台から下ろすことにした」

　辻本くんの顔から目をそらすことなく、西野先輩は言ってのけた。辻本くんは、美咲のほうを見た。悲しそうな目。ごめん、辻本くん……。

「俺と早乙女はキャストだからいい。だけど、スタッフなのに審査員だなんて辛い役を任された池谷を恨むな」

「……はい、もちろんです」

　辻本くんは、笑みを浮かべた。

　西野先輩。このあとぎくしゃくするかもしれない雰囲気を自分で収める責任を負ってまで、私を庇《かば》ってくれて。感情が様々に渦巻く中、美咲の胸は熱くなる。西野先輩、西野先輩、西野先輩。

「西野」

　そのとき、早乙女先輩が入ってきた。

「勝手に辻本を舞台から下ろすな」

　はっ……？　誰もが言葉を失った。だって今はっきりと、削られる役は出摩枷龍次だと言ったばかり。すると先輩はクリアファイルの中から、ホチキスで止められた何枚かの紙を出すところだった。

「明日までに活字にして、他のメンバーには印刷したものを渡す。だが辻本、俺の手書きで悪いが、お前には先に渡して置く必要がある」

辻本くんは意味がわからないというように目を二回瞬《しばたた》かせた。

「なんですか、これ」

「地区大会用の台本だ」

え、どういうこと？　だって辻本くんは今、役を下ろされたばかりじゃ……。

「何を驚いている？」

そして早乙女先輩は、きょとんとしている辻本くんに向かって、驚くべきことを言った。

「お前は今から、仙人役だ」

10.

夕闇迫るダイオウイカの公園。美咲は昨日の夜も座っていたベンチに、西野先輩と隣同士で座っていた。二人とも、黙って足元を見つめている。

「……あんなのアリかよ」

しばらくの沈黙のあと、西野先輩がつぶやいた。

「いや、ナシでしょ」

美咲は答えた。

＊

「ど、どういうことですか」

早乙女先輩の衝撃発言のあと、美咲は思わず訊いた。

「言ったとおりだ。出摩枷龍次はセリフが長いから消えてもらう。辻本には、仙人の役をしてもらう」

「辻本くんは舞台に立てるんですか？」

「当たり前だろう。俺は『五つの役のうち一つを削る』と言ったんだ。『五人の役者のうち一人を削る』とは言ってない」

そりゃそうだけど……。

「でもじゃあ、早乙女先輩はどうするんですか？」

「ん？　竹富くんに聞いてないのか？　俺は竹富くんや川島くんとともに裏に回る。ジョリーシアターの照明や音響の装置に触れられるチャンスなんて、そうないからな」

スタッフ女子のほうを振り返る。トミー、りかぽん、ジュリア。全員、なんで美咲がそんなに驚いているのか不思議そうだった。……えっ、みんな知ってたの？

「美咲さん、一昨日《おととい》、言ったはずです」

トミーがくいっとメガネをあげた。

「いや、聞いてない、聞いてない」

「ゼラの色はお任せすることにしました、と」

たしかに言っていた……でも、

「あれって『早乙女先輩に任せる』っていう意味だったの？　劇場の人じゃなくて？」

「舞台に照らす光の色を、どうして劇場のスタッフに任せるんだ。そりゃ、色の幅の融通は利《き》かないが、赤、青、という指示はこちらが出すに決まってるだろう」

早乙女先輩はさぞ当たり前のように答える。でも、でも……。

「あの、つまり」

美咲が頭を抱える横で、石田くんが手を挙げていた。

「まこっちゃんは、地区大会に出られるんですね？」

「仙人役がいなくてどうする」

美咲を尻目に、キャスト連中はひゅーひゅーとお祭り騒ぎになった。

「頼むぞ、辻本。俺が出摩枷龍次を削ろうと思ったのは、お前が一番セリフを覚えるのが早いからだ」

辻本くんは、目を拭《ぬぐ》って、「はい!」と元気に返事をした。彼を囲んで、キャストたちはキャンプファイヤーのように踊り狂う。スタッフ女子たちも「がんばって」と拍手をする。美咲は乗り切れない。そして同じ表情なのがもう一人。もちろん、西野先輩だった。

その後は、基礎練習と大雑把に削る部分を説明されてシーンごとの練習となった。辻本くんが一人みんなから離れて一生懸命新しいセリフを覚えようとしているのは、見ていて応援してあげたくなったし、いいものだ、と思えた。でもやっぱり、釈然としない。

下校時刻が迫り、片付けをしてロッカールームで着替えていると、カバンの中で何かが震えていた。慣れない携帯電話だ。開けてみると、西野先輩からメールが来ていた。

——このあと、ダイオウイカに来てくれる?

断る理由なんかなかった。早乙女先輩の文句を言い合いたい。美咲は他のスタッフ女子たちに「今日私、こっちだから」と言い残し、一人でダイオウイカの公園に向かったのだ。

＊

「あーなんか、むしゃくしゃする!」

美咲は座っていられず、飛び上がった。

「まあ、辻本もやる気になってるし、そこまで怒らなくても」

「西野先輩は許せるんですか」

「まあ、あいつに振り回されるのは、今回が初めてじゃないしな」

そんなに怒ってはいないようだった。

「早乙女先輩、絶対私たちのこと、馬鹿《ばか》にしてますよ」

そんな美咲の姿を見て、西野先輩はクスッと笑った。

「池谷、お前、変わったな」

「はい？」

「入ってきた頃、そんなんじゃ、なかったぞ」

急に恥ずかしくなった。昨日の夜のことが頭をよぎる。

「ちょっとそのまま、清瀬◎のセリフ、言ってみろよ」

「なんでですか」

「稽古つけてやる」

何を……と思ったけれど、たしかに刀で何かをずばっと断ち切りたい心情だった。美咲は肩幅より少し広く足を広げ、腰に差したエア刀を構える。

「うまくできたら、なんかおごってくれます？」

「バロン・ド・ショコラを」

『あれは甘すぎるのだっ！』

刀を抜き、西野先輩に斬りつける。先輩はぱっとベンチの後ろに飛びのき、骨折をしていない左腕でエアくさり鎌《がま》を回し始めた。銀光金剛だ。

『覚悟！』

投げつけられたくさり鎌を避け、そのまま胴斬りの体勢になって突っ込む。なんだかいつの間にか、演劇部に染まっている。今の自分をナナコが見たら、きっと喜んでくれるだろうと思った。

暮れゆく九月の空。美咲はしばらく、西野先輩と立ち回りをしていた。

——このとき、茂みの中から二人を見ている猛烈な嫉妬《しっと》の目に、美咲はまだ気づいていなかった。

第二幕

USB見立て盗難事件を解決せよ！

——面白くないものからは
何も学ぶべきものがないなんていうのは、
向上心のない人間の言い訳なんだよ。

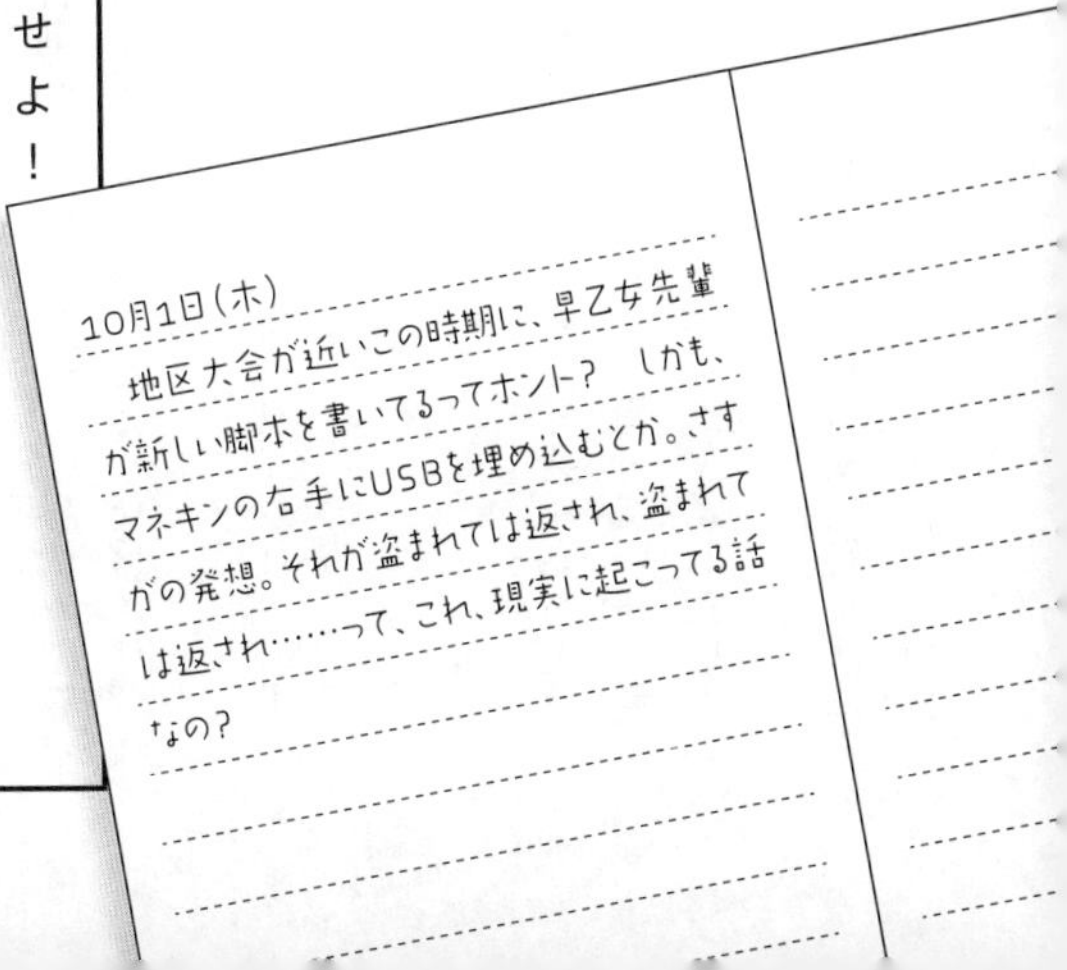
10月1日（木）
地区大会が近いこの時期に、早乙女先輩
が新しい脚本を書いてるってホント？　しかも、
マネキンの右手にUSBを埋め込むとか。さす
がの発想。それが盗まれては返され、盗まれて
は返され……って、これ、現実に起こってる話
なの？

1.

九月の最終週になって、駒川台《こまがわだい》高校は制服の移行期間に突入していた。昼休みの教室内には夏服・冬服が混在している。とはいえ、今日は夏がぶり返したような暑さだ。

「ねえ美咲《みさき》、一緒にごはん食べよ」

美咲の前の席に座ってコンビニ袋を机に乗せた堂前蘭子《どうまえらんこ》は、すでにワイシャツの上に白セーターを着る冬服スタイルだった。

「いいよ」

美咲は答え、スクールバッグから弁当箱を取り出す。

蘭子は美咲と同じクラスだ。一年生のときに仲間を募ってダンス同好会を立ち上げ、夏前には神奈川県で行われた高校生ダンス大会に出場して優秀賞まで獲《と》っている。髪は明るめの茶色、耳にはピアスがあいている。とにかく高校生活をエンジョイしたいというタイプの子で、雰囲気からして華やかなのだ。

美咲はもともと彼女とはあまり話さない仲だったのだけれど、先日の文化祭を機にそれは変わった。演劇部とダンス同好会はともに出し物にステージが不可欠だ。体育館という何もない空間に机やベニヤ板でステージを作ることに協力し合い、いつしか絆《きずな》のようなものが生まれていた。

以来、昼休みは一緒にご飯を食べることが多くなっている。

「美咲のお弁当、おいしそうだね」

今日のおかずは、シュウマイとコロッケと、ひじききんぴらごぼう。以前の借金返済生活時代とは比べ物にならないくらい豪華だった。

蘭子がコンビニ袋から取り出したのは、ホイップあんぱんと、ミルクティーの紙パックだ。

「蘭子の家って、お弁当作ってくれないの？」

美咲は、何の気なしに訊《き》いてみた。

「ああ、それがね、うち離婚してて、家に父親しかいなくて。自分で作るのも面倒だし」

あ、しまった。こういう話題をすぐに無神経に掘り出してしまう自分を、美咲は恨めしく思う。美咲の表情を、蘭子はすぐに読み取ったようだった。

「気にしないでよ。離婚ていっても、そんなにじめじめしたやつじゃなくてさ、お互い嫌いにならないために離れましょう、っていう前向きな離婚で」

前向きな離婚という言葉が美咲にはピンとこない。家族の表情はいろいろだ。

「私も妹も納得してててね、今でも月に一度は四人でスーパー銭湯に行ったりするんだ」

「妹さんも、一緒に住んでるの？」

「いや。妹はお母さんと一緒に向こうの実家。実は私も向こうがよかったんだけど、よんどころない事情があってさ」

ははは、と自嘲《じちょう》気味に笑う蘭子。よんどころない事情って……。

「私は、楽しいこと、面白いことが好きだからね」

よくわからないけれど、深い事情がありそうだ。やっぱりこれは、聞いてはいけないのだろう。

「ねえ、ところでさ」

蘭子はホイップあんぱんをちぎりつつ、話題を変えた。

「純也《じゅんや》から聞いたんだけど、演劇部って、大会が迫ってるって本当？」

純也というのは、伊原《いはら》純也という三年生で、文化祭で引退するまでは軽音部の部長を務めていた。文化祭における体育館ステージ設置では軽音部も協力し、それをきっかけに蘭子は伊原先輩と付き合い始めた（俗にいう「文化祭を使う」というやつだ）。蘭子は授業の合間の十分休みにも伊原先輩の教室へ会いに行ったりしている。そればかりか、校内でも一緒にいるところを、美咲もちょくちょく目撃し、気まずいながらも挨拶《あいさつ》を交わすことがある。ちなみに伊原先輩は、われらが早乙女《さおとめ》先輩と同じ三年E組だそうだけど、軽音をやっているだけあって洗練されていて、全く違うタイプだ。

「うん」

美咲は箸《はし》でシュウマイをつまみながら答える。

「十月後半の土日に目黒の劇場で地区大会があるんだ」

「地区大会っていうとやっぱりそのあと、都大会があって、関東大会があって……」

「そうそう」

「やっぱり、全国、狙《ねら》ってんの？」

蘭子はそう訊いて、ミルクティーの紙パックに挿したストローを噛《か》んだ。

「全然、そんなんじゃないよ」

美咲は箸を振って笑う。今年、久しぶりに地区大会に出場する駒川台高校が、いきなり全国なんて、出場できるわけがない。

「じゃあなんでやってんの？」

「なんでって……」

美咲は少し考え、早乙女先輩の顔を頭に思い浮かべる。

「知らない誰かを、楽しませるためかな」

「わ、なにそれ、カッコいい」

蘭子は再びケラケラと笑い始めた。

「ダンスだってそうなんじゃないの？」

「いや、うちらはなんていうか、びしっと決めて気持ちいい、みたいなのがやってる理由かな。見ている人を楽しませたいっていうよりかは、自分たちが楽しみたいっていうのが九割。自分たちが楽しまなきゃ見てるほうも楽しくないもん」

「それはわかるなあ……」

舞台の上から客席を楽しませることに青春を費やしている同士だからこそわかる。こういう話ができるようになった自分が誇らしい。

「今日の部活終わりでね」

美咲はきんぴらごぼうをつまみながら話す。

「りかぽんの家に行くんだ」

「りかぽんって、あの大道具の子でしょ？　おうち、大工さんだっけ。何しに行くの？」

「トラックを貸してくださいってお願いしに」

「トラック？」

「大道具の搬入のためにさ」

ほーっとため息のような声を出す蘭子。

「すごいねー。演劇部って」

「まあ、客席を楽しませるため？」

「頑張って」

蘭子は笑った。美咲の高校生活は、確実に変わり始めている。これもナナコと演劇部のみんなのおかげだ。すがすがしい気持ちで、きんぴらごぼうを飲みこんだ。

——このときすでに、あの不可解な事件が起こっていることに、美咲は気づく由《よし》もなかった。

2.

夏休みの終わりにサッカー部連中の悪さにより半焼してしまった記念講堂は、今現在、燃えた部分が取り壊されて改築作業が行われている。本来は立ち入り禁止になっているその講堂に、演劇部は顧問の伊勢田《いせだ》愛《あい》先生（通称・愛ちゃん）を通じて無理やり頼み込み、入れてもらっていた。幸い、舞台部分は無事だったのだ。

その舞台上をよたよたと揺れながら運ばれていくのは、りかぽんお手製の平台《ひらだい》。運んでいるのは辻本《つじもと》くんと時任《ときとう》くんの二人だった。

「はいそこ。その位置」

美咲が指示を出すと、平台は下がっていった。

「いたっ！」

指をくわえる辻本くん。床との間に挟んでしまったようだ。

「大丈夫？」

「すみません、どうも……」

と、辻本くんが謝ったそのとき、袖《そで》のほうでどたーんと、派手な音がした。

「何、何？」

「もーう、我妻《あがつま》先輩、よろけないでくださいよーっ」

りかぽんが両手をこぶしにして怒っている。我妻くんが尻餅《しりもち》をついている脇《わき》には、石垣を描いたパネルが倒れていた。

「ごめんごめん」

「みんな、集中力が足りないんじゃないですか？」

「そんなこと言っても、俺らキャストには、出る位置、控え位置、立ち位置を把握しておく必要もあるわけで……」

「演技空間が決まらないと、立ち位置も何もないじゃないですかあ」

「ちょっと、喧嘩《けんか》してる場合じゃないでしょ！　リハーサルの時間は一校、三十分しか与えられてないんだから」

ジュリアが怒鳴りながら割って入り、雰囲気はよけい険悪になった。

地区大会の会場である商業劇場、ジョリーシアターの舞台はこの、駒川台高校の記念講堂のものより小さい。

本番より二週間ほど前に、出場校にはリハーサルの時間が与えられる。しかし、リハーサルといっても一校につきたったの三十分の持ち時間しかない。つまり、一時間の公演をまるまる通すのではなく、大道具の位置を確認して蓄光テープ（バミリテープという）を貼《は》ったり、照明の位置合わせをしたり、そのほか、独白や立ち回りなど一部のシーンの動きと音響の音合わせをするなどといった、重要な部分しかできないのだ。

そのため、各校はリハーサルに臨む前に、それぞれ三十分以内にやることを決め、予行演習を行ってから来ることが要求される。美咲たちは現在、「リハーサルのリハーサル」と呼ばれるこの予行演習を行っているところなのだった。

「じゃあ次、銀光金剛《ぎんぴかりこんごう》のシーン、行きまーす。トミー」

「ちょっと待てよ」

美咲の合図を遮る声があった。二年生の兵藤《ひょうどう》くんだ。

「茗荷谷《みょうがだに》のシーンは？」

「えっと、茗荷谷は動きが少ないので後回しにして、時間が余ったらっていうことになったんだけど」

「冗談じゃないぞ。俺だって本番のステージでの感覚を身につけておかなきゃいけないっていうのに」

「これは私が決めたんじゃなくて、早乙女先輩が決めたんだから」

その早乙女先輩は今日、なぜかまだ講堂に現れていない。

「兵藤」

舞台上手《かみて》から、キャストの一人が歩いてきて、兵藤くんの前に立ちはだかった。

三年生のイケメンキャスト、西野《にしの》俊治《としはる》先輩だった。

「……なんですか？」

「リハーサルではスタッフの言うことが絶対だ。ブタカンに逆らうな」

兵藤くんは美咲のほうを睨《にら》みつけるように見たが、うなずいて下手《しもて》のほうに去っていった。

美咲は西野先輩の顔を見る。先輩は口元に笑みを浮かべた。……ああ、西野先輩。

西野先輩と美咲は先日、近くのダイオウイカの公園にて、雨に降られながら一晩を共に過ごした。一晩を共に過ごした、といっても別に、不純異性交遊的なことがあったわけではなく、お菓子を食べながら脚本変更のことについて話し合っただけなのだけれど、途中まどろんだ美咲の意識の中で「お前のこと好きかも」「つきあってみないか」というようなことを西野先輩の口から聞いた気もしている。あれ以来先輩は何も言ってこないけれど、先輩の顔を見るとふわふわした気持ちになるのだった。

「美咲先輩」

下手袖からジュリアの棘《とげ》のある声が飛ぶ。

「リハーサル中」

「あ、ああ、ごめん」

首から提げたストップウォッチを見る。もう二十三分だ。あと七分で、残りの作業をすべてこなすことはとうていできない。やっぱりもう少し手際《てぎわ》よくやらないと。やることをもう一度吟味したほうがいいのかもしれない。

「おーっす。遅れてごめん」

講堂の扉が開いて入ってきたのは……二人の女性の先輩だ。一人はやせ形で、首に花柄のスカーフを巻いている。もう一人は大柄でいつもどおりおおらかな笑顔。小道具担当・野本緑《のもとみどり》先輩と、衣装メイク担当・八塚麻衣《やつかまい》先輩。二人は本番まではほとんど仕事がなく、三年生なので最近は勉強のほうを優先するようになっている。しかし今日は「リハーサルのリハーサル」なので参加するということだった。

「あれ、美咲ちゃん。早乙女は？」

「それが、まだ来てないんですよ」

「ああ、そうなんだ……まい。もう少し待ってよう」

「早く見たいー」

「期待しててよ、本当にいい出来だから」

ひひひと笑って、最前列の客席にみど先輩は座った。いい出来って、いったい何の話だろう？

「あーもう、なんだか体がなまった感じだ」

背後で両手を伸ばしている先輩がいた。荻原《おぎわら》先輩だった。

「だいたい俺たちキャストなんだから、キャストらしい練習メニューがないと調子が狂うんだよな」

「そうだ、そうだー」

一年生男子たちが追随する。いつもの和気あいあいとした雰囲気が壊れてしまったのが嫌なようだった。

「やろう、いつもの」

「ちょっと、困ります、荻原先輩」

ストップウォッチはまだ動いている。リハーサルのリハーサル、一回目はまだ終わってないのに勝手な動きをされては……。

「大丈夫。いったん調子を戻したらちゃんとやるから」

「ちゃんとって」

「拙者」

美咲の鼻先に、荻原先輩の人差し指が突きつけられた。

「親方と申すは」

うわ、始まってしまった。

「お立会いのうちにご存知のお方もござりましょうが、お江戸を発《た》って二十里上方……」

他の男子たちも袖からわらわらわらわらわらと出てきて、荻原先輩と声を合わせる。

これは、『外郎売《ういろううり》』という、歌舞伎《かぶき》の演目の中にある有名な長台詞《ぜりふ》で、キャストの滑舌練習によくつかわれるのだった。一度始まってしまうと、終わるまで五分から七分くらいかかる。

西野先輩が止めてくれるかと思いきや、一緒になって外郎売の口上を述べていた。これが、演劇部男子の性《さが》……。

「美咲ちゃん、もう始まっちゃったらおさまるの待つしかないよ」

みど先輩が手招きをしていた。

「自然現象みたいなもんだから」

時刻はすでに三時四十分。四時半までに部活を切り上げるとすると、あとリハのリハは一回しかできないことになる。そのあと、りかぽんの家に行かなければならない……

美咲は頭を抱えたい思いになりながらステージを降り、みど・まい両先輩のもとへと歩み寄った。

「ほんとにしょうがないんだから」

ジュリアが文句を言いながら近づいてくる。その後ろからりかぽんもついてきた。

「それにしても」

と、美咲はかねてからの疑問を口にする。

「この『外郎売』って、いったいどんな内容の演目なんですか？」

「さあ……」

首を傾《かし》げるまい先輩。部長でもある彼女はスタッフ用語などについては詳しいものの、演劇の内容についてはあまり知らない。『リア王』というのは、私生活がこれでもかというくらい充実している人間を表すネットスラングだと、このあいだまで本気で信じていたくらいだ。

「名古屋名物ですよね、『ういろう』って」

「あー、それがね……」

と、みど先輩が何事かを指摘しようとした、そのときだった。

「おい！」

扉が西部劇のように勢いよく開かれた。早乙女先輩がすごい形相で入ってくる。男子たちも驚いて、『外郎売』を止《や》めてしまった。

「野本、これはどういうつもりだ⁉」

先輩が掲げたそれを見て、

「ぎゃああ！」

りかぽんが腰を抜かす。男子たちもざわめきだす。ジュリアが美咲の右腕をつかんで「ちょっと、あれ……」と戦慄《せんりつ》の表情。美咲も顔から血の気が引いていくのを感じた。

早乙女先輩が右手に持っているのは、——切断された、何者かの右手首から先だ。黒い腕時計が巻かれている。

「おまえが犯人なんだろ、白状しろ！」

鬼気迫る顔でみど先輩に詰め寄る早乙女先輩。……みど先輩は目を見開いている。

いったいどういうこと？　みど先輩が、この切断された手首の、犯人って……。

3.

りかぽんの家は〈添田《そえだ》建築〉という、昔ながらの工務店風の店構えになっていた。りかぽんに連れられていつものスタッフ女子たちでお邪魔すると、六時過ぎにならなければ代表（りかぽんのお祖父《じい》さん）と専務（りかぽんのお父さん）は帰ってこないといわれてしまった。

しかたがないのでりかぽんの部屋で待とうとしたけれど、ドアを開けて一目見るなり、それは無理だということが判明した。机の上、ベッドの上、床と、脱ぎ散らかした服や漫画本、何に使うのかよくわからない道具類が散乱していて足の踏み場もないくらいだったのだ。

「よくこんな部屋で眠れるね」

ジュリアが毒づくと、

「空気清浄機の導入をお勧めします」

と、トミーがハンカチで口元を押さえて続けた。りかぽんは照れ笑いをし、「やっぱりリビングで待とうか」と提案したのだ。

リビングは駐車場に面しており、一面がガラス戸となっている。

りかぽんの部屋ほどではないものの、ここもお世辞にも片付いているとは言えない状態だ。テーブルの下には古新聞や雑誌、チラシが乱雑に放り込まれているのが、ガラスの天板なので丸見えだし、壁際の棚には木彫りの熊《くま》や何かのトロフィーに混じって、これまた曲尺《かねじゃく》やら鎹《かすがい》やらの大工道具がごちゃごちゃ。壁には時計と大きな魚拓。それにどこかの神社やお寺の写真が飾られていて、おそらくあれは梁《はり》とか柱とかの建築構造の参考にするのだろうなと感じさせた。

「ごちゃごちゃですね」

トミーが腕を組んだ。

「そんなことないよぉ、片付いているほうでしょ」

「どこが」

ジュリアがソファーに腰を沈める。

ドアが開いた。

「いらっしゃい」

りかぽんのお母さんだろうと思われた。エプロンをして、やさしい顔立ちをしている。

手に持った皿には焼きおにぎりが盛られ、湯気を立てていた。

「おやつ、どうぞ」

「ありがとうございます」

「梨香《りか》、ポットにお湯入ってるから、お茶、淹《い》れてあげなさいね」

「はーい」

おばさんはその後、りかぽんと二言、三言話をしたかと思うと、「それじゃあごゆっくり」といって、どこかへ行ってしまった。

「りかぽんは、いつもこれ、食べてるの？」

ジュリアが、湯呑《ゆの》み茶碗《ぢゃわん》を回しながら尋ねる。

「うん。うちのおやつ」

焼きおにぎりが定番おやつとは、やっぱり変わっている。家族の表情はいろいろだ。

美咲は控えめな大きさのひとつに手を伸ばした。

「それにしても、今日の早乙女先輩の右手首、びっくりしましたね」

りかぽんはへらへらと笑いながら話題を変えた。

＊

「おまえが犯人なんだろ、白状しろ！」

告発されたみど先輩はしばらく目を見開いていたが、やがて〝きっ〟と早乙女先輩の顔を睨みつけ、切断された右手首を、奪い取った。

「きゃあ！」

りかぽんがまた叫んでしゃがみ込む。ざわめきだす男子たち。

「静かにっ！　みんな、これ、作り物だから」

「え？」

作り物……よく見ると、プラスチックのような光沢がある。どこかのバラバラ死体から早乙女先輩が拾ってきたものではなさそうだ。とりあえず、美咲は安心した。

「早乙女に頼まれて、私が作ったんだ。ここにＵＳＢメモリを埋め込んであるの」

たしかに、赤く塗られた切断面から、ＵＳＢメモリの金属部分が見えていた。

先輩が語ったのは次のとおり。

早乙女先輩は最近、新たな脚本の構想を思いつき、ワープロソフトを使おうと考えた。ところが、受験勉強がはかどらないことを理由に、家ではパソコンを取り上げられてしまった。そこで、学校の昼休みに生徒に開放されているコンピュータールームにて書き進めることにし、ＵＳＢメモリスティックを購入した。

ところがそこは早乙女先輩。普通の形のＵＳＢメモリスティックを買ったことをすぐに後悔し始めた。そこで小道具担当・みど先輩に相談し、何か脳を活性化させるような刺激に溢《あふ》れた形に加工してくれと頼んだのだそうだ。ちょうど知り合いの伝手《つて》でいらないマネキン人形が手に入ったところだったみど先輩は、取り外し可能だった右手部分に注目、切断面に錐《きり》と彫刻刀で穴をあけてスティックを差し込み、接着剤で固定した。それでこの風変わりなＵＳＢメモリハンドが誕生したというわけだった。

「やっぱり器用だね、みどは」

まい先輩が感心している。……いったいなぜ、右手首にＵＳＢメモリスティックを埋め込もうと思ったのか、そもそもどうやってマネキン人形を手に入れたのか、などという疑問は誰も差し挟まない。奇人集団・演劇部ではこんなこと、日常の範囲内だからだ。

「でも早乙女、この腕時計はいったい何？」

みど先輩が訊いた。

「だからそれが、お前の仕業《しわざ》なんだろう。わざわざ俺から盗み、そんないたずらをするなんて」

「盗んだって……」

美咲はその右手を指さす。

「今現在、そこにあるじゃないですか」

「今日の昼休み、カバンの中から取り出そうと思ったがなかったんだ」

早乙女先輩は深夜まで勉強をしているために睡眠不足で、午前中の授業の合間の十分休みは机に突っ伏して熟睡している。その間に、机のフックにかけてあるスクールバッグの中から盗まれたに違いないと主張した。

「むしゃくしゃして、校外に出て飯でも買ってこようとしたら、俺の自転車の籠《かご》の中にこの状態で放り込まれているのが見つかったんだ。見ろ。腕時計が糊付《のりづ》けされていて、少し汚れてしまったじゃないか」

みど先輩に右手を突きつける。

「私じゃないし。なんでわざわざ自分の作ったこれに無理やり糊付けをして汚すようなことをするのよ」

「俺がこのＵＳＢハンドを持っていることを知っているのは、校内ではお前だけだ、野本」

「いや、渡したときに、誰かが見ていたのかもよ」

みど先輩は五日前の木曜日、部活が始まる直前に、昇降口前で早乙女先輩にこれを渡したのだという。周りにはちらほら演劇部員もいて、その中にいた誰かだという可能性も否定できない。

「ふん」

早乙女先輩は疑惑の目で一同を睨《ね》め回す。

「それじゃあ、この中の誰かか。俺は宣言しよう」

そしてびしっと指先を天井へと突きつけた。

「明日からは十分休みは眠らずに見張り続ける。盗めるもんなら盗んでみろ！」

＊

「……あんなもの盗む人、いる？」

美咲は焼きおにぎりをほおばりながら首をひねる。

「私は、いい出来だったと思いますけれど」

トミーが答えた。

「じゃあトミーが犯人？」

「いいえ」

首をすくめるトミー。その脇で、「早乙女先輩って何考えてるのかわからないですよね」と、今更なことをりかぽんが言った。

ふとジュリアを見ると、一連の会話をニヤニヤしながら聞いていた。

「どうしたの、ジュリア？」

「ところが、早乙女先輩も隅におけないんですよ」

「どういうこと」

「私、昨日の夜、見ちゃった」

ジュリアは英語の授業でスピーチの発表の順番が週末に回ってくるため、けっこうな量の発表原稿を書くことに追われている。でも、家にいると母親が日課のダンスDVDによるエクササイズを始めて集中できない。そこで最近は夕食をとったあと家を抜け出し、一時間だけ大通り沿いのファミレスに辞書を持ちこんで四苦八苦しているのだそうだ。昨晩も九時ごろにファミレスに入ったところ、入り口にほど近いところに早乙女先輩の顔を見かけた。

「それで私、声をかけようと思ったんですけど、すぐにやめたんです。すっごくきれいな女の人といたから」

　美咲は食べかけの焼きおにぎりを落としそうになった。

「きれいな女の人？」

「黒髪のストレートで、顔はハーフっぽかったです。で、鳥が丘高校の制服を着ていました」

「鳥が丘高校……」

　駒川台高校の近く、駅で言ったら隣にある都立高校の名前だ。ということはひょっとして、

「予備校で同じクラスの人じゃないの？」

　早乙女先輩は、部活が終わった後、帰宅することなく直接予備校に行く。親御さんの目を気にしてか、結構真面目《まじめ》に通っているのだ。

「私もそう思います」

　ジュリアはうなずく。

「親密な感じでしたよー。私、通された席が遠くだったんで、たぶん気づかれてないですけど」

「ふーん」

早乙女先輩が他校の女の人と……。なんか、想像がつかない。

「あれ、カノジョじゃないかな」

「えー。早乙女先輩は絶対、美咲先輩のこと、好きだと思ってたんだけどなあ」

「諦《あきら》めたんじゃないですか。美咲先輩があまりにもなびかないから」

「いやいやいや……」

美咲は顔の前で手を振る。

「早乙女先輩は私なんかのこと」

「またそうやって……」

「からっ！」

トミーが珍しく大声を出した。自分で食べた焼きおにぎりの断面を見ている。

「あ、辛子明太子《めんたいこ》入り」

りかぽんが手を叩《たた》く。

「それ、あたりでーす」

「あたり？　何か、もらえるのですか」

「腕、出してください」

トミーはりかぽんの前に腕を出した。りかぽんは左手でトミーの手首を握り、右手をチョキにして頭上高く上げた。

「なんですか」

「しっぺ」

「えっ？」

「それが、添田家のルールだから」

「ちょっと待ってください」

美咲の前で手を引っ張り合い争う二人。ジュリアが笑っている。それを縫うようにぴー、ぴぴー、という音が聞こえてくる。振り返ると、ガラス戸の向こうにトラックがバックで入ってくるところだった。

「あっ、おじいちゃん」

りかぽんはトミーの手を離し、ガラス戸に向かっていく。トミーは命拾いをしたとでも言いたげに、ソファーに腰を下ろす。

ガラス戸の向こう、ガレージに入ってきたトラックは、美咲の予想よりもだいぶ大きかった。

4.

それから二日が経《た》ち、十月になった。

美咲は久しぶりにナナコの病室を訪れていた。

以前とは違い、窓のない狭い部屋。枕元《まくらもと》にはたくさんの機械類が置かれている。

当のナナコはベッドから起き上がることができない状態だ。元気だったころと比べて何キロ減ったんだろう？　頬骨が見えるほどやつれている。投薬の副作用だそうで、この状態からの経過が、回復できるかどうかに大きく関わるらしい。

「ナナコ」

美咲は床頭台の脇のフックにスクールバッグを掛け、ナナコの名を呼んだ。

「おっ……」

目で笑って、ナナコは布団《ふとん》からゆっくりと右手を出した。

「げんき？」

かすれた声。声帯までやつれてしまったんじゃないかというほどだ。……私が元気かどうか、心配してる場合じゃないでしょ、と言いかけたけれど、美咲は笑顔を作ってうなずいた。

それから美咲は、とめどなくいろいろなことを話した。堂前蘭子と仲良くなって昼ご飯を一緒に食べるようになったこと。学校での数学の授業がよくわからなくて焦《あせ》っていること。ナナコは目を細めながら聞いてくれたけれど、一番気になるのはやっぱり、地区大会のことらしかった。

「どうなの、りはのりは」

ナナコには上演時間の一時間に合わせるために脚本を削らざるを得なくなったことと、それによって辻本くんの役が変わり、早乙女先輩が演出専門になったことなどは話してある。

リハのリハというのはつまり、「リハーサルのリハーサル」のことだ。

「それがさ、やりはじめたら全然進まなくて」

正直、この三日間で進歩は見えない。三日後にはリハーサルが控えているというのに。

「他の学校、どうやって三十分以内に収めているんだろう」

「はは……」

ナナコは口元を少しだけ緩ませる。大口を開けては笑えない。

「そういえばね、最近発覚したんだけど、早乙女先輩、新しい脚本、書き始めているらしいよ」

「え」

ナナコが目を見開く。きらきらとしている。ナナコは早乙女先輩の脚本のファンだ。こんな状況でも、楽しみなことは楽しみなのだった。

「でも、さおとめせんぱい……」

ここまで言ってナナコは咳《せ》き込んだ。美咲は床頭台の上のボックスからティッシュを引き出し、ナナコの口周りを拭《ふ》く。

「そう。受験生なのに、よくやるよね」

ナナコの考えていることなんてわかる。

「どんなの？」

「それがね、見せてくれないんだ。完成するまでって」

「らしい」

早乙女先輩らしい、という意味だった。

「なんかね、その脚本、昼休みに学校のパソコンを使って書いているらしくて、USBメモリに入れてるんだけど、みど先輩が作った変な形なのよ」

「へんな」

「そう。人間の右手首から先で、この切断面に差し入れ口がついてるの。古くなったマネキン人形を利用したんだって」

「はは」

ナナコはまた笑った。

美咲に、演劇部で過ごす日々というかけがえのない宝物をくれた親友。演劇部の話で楽しませてあげられるのはうれしい。

「それでね、実はそのUSBメモリについて、ちょっと不思議な事件が起こってて……」

きらりと、ナナコの目がさっきとは違う輝きを見せた。……しまった、病人に負担をかけてしまう。しかも、面会時間は十五分とかなり限られているのに。

美咲の腰が引けたのを、ナナコは察したに違いない。

「はなして」

「いや、でも時間が……」

「はしょって」

端折ってって……。美咲はしかたなく、ここ数日起こっていることを話すことにした。

＊

今日の昼休み、美咲は早乙女先輩と屋外プールの脇のコンクリートスペースにいた。寒々しい。

いったい何が悲しくて、シーズンオフを迎えたばかりのプール脇の日かげで、お弁当を広げなければならないのだろう。

「美咲くん、聞いているか」

「はいはい、聞いてますよ」

美咲は食べかけのレンコンのはさみ揚げを口に運びながら答えた。

今日も蘭子とお昼を食べていた美咲だったけれど、昼休みが始まって十分ぐらいしてから教室に早乙女先輩が飛び込んできて捕まってしまったのだった。先輩は「演劇部の今後にかかわることだ」と鬼気迫る表情で美咲に迫り、強引に、このプール脇の日かげまで引っ張ってきた。

どうせ例のUSBハンドのことだろうと美咲は踏んでいた。ちなみに昨日の水曜日、早乙女先輩は宣言むなしく十分休みを寝て過ごし、まんまとUSBハンドを盗まれるという失態を演じた。そのUSBハンドはやはり昼休みに自転車の籠に返却されており、右手にはセロテープで、おもちゃのナイフが括《くく》り付けられていたらしい。

「いいか、これを見ろ」

プールに着くなり先輩がスクールバッグの中から取り出して見せたのは、十五センチくらいの大きさの、ボール紙でできた箱だった。美咲は受け取り、ふたを開けてみる。

「ぎゃっ」

中には、例の切断された右手があった。……箱の中、ぎっしり詰め込まれたそれも、常軌を逸している。

「ミョウガ……」

USBハンドはミョウガの中に埋もれているのだった。

「また隙《すき》を突かれて盗まれてしまった。四限終わり直後に自転車置き場に行ってみたら、このざまだ。しかし、ひとつはっきりしたことがある」

早乙女先輩は美咲の顔を見つめ、不可解なことを口にした。

「これは、『見立て盗難事件』だ」

＊

「みたて？」

ナナコはかすれた声で、不思議そうに聞いた。

「うん。私もよくわからないんだけど、推理小説の中では、松尾芭蕉の俳句とか、マザーグースの歌とかに似せた死体が出てくる事件があるんだって。それが、『見立て』」

「あー」

ナナコは納得したようだった。

「で、一昨日《おととい》、自転車の籠の中で発見されたＵＳＢハンドは、腕時計をつけられていたでしょ。これは『葉隠狂刻《はがくれきょうこく》』の見立てだって早乙女先輩は言うんだよ」

『白柚子《しらゆず》姫と五人の忍者』に登場する悪役忍者の一人で、時間を少しなら操ることができる。つまり、時計は葉隠狂刻とは切っても切れないアイテムなのだった。

「ないふは」

目でうなずきながら、何かを言いたげなナナコ。

「ぎんびか……」

「無理しなくていいから。そうそう。ナイフは『銀光金剛』を表している。ミョウガは当然、『茗荷谷一刀斎《いっとうさい》』ね」

共に悪役忍者の名前だ。銀光は触るものをみな刃物に変えてしまうという忍術、茗荷谷はミョウガで物忘れを激しくさせる忍術を使う。犯人は、早乙女先輩脚本による『白柚子姫と五人の忍者』に登場する忍者の見立てイタズラを、ＵＳＢハンドに施しているのだ、と早乙女先輩はいうのだった。

けほっ、と一つ咳をして、ナナコは難しそうな顔をした。脳細胞が動いている音が、美咲の耳にも聞こえてきそうだった。実はナナコは夏休みにも、駒川台高校演劇部で起こる小さな事件を、美咲から概要を聞いただけで解決してしまったことがある。

「どう思う？」

「おおごえ」

ナナコの言いたいことはなんとなくわかる。『白柚子姫と五人の忍者』に登場する忍者はあと三人いる。そのうち、西野先輩演じる清瀬《きよせ》◎《にじゅうまる》を除くと二人。その二人とは、清瀬の弟である英〒《はなぶさぽすと》と、月影大音量《つきかげおおねかさ》だ。もし犯人が本当に「見立て盗難」をしているとしたら、次は英を表す「ポスト」か、月影を表す「大声」に関連した見立てをしてくるに違いないということだ。

「……でも、大声に関連した見立てって、どんなの？」

「ステレオ」

「ステレオをＵＳＢハンドに括り付けて、早乙女先輩の自転車の籠に？」

「はは……」

ナナコは笑った。こんな状況でも、冗談精神は忘れない。そもそもこの事件が冗談のようなものなのだけれど。

「ところで」

ナナコの目付きが変わる。

「みさきは、ようぎから、はずれる？」

犯人が演劇部員だという説が濃厚になった今、美咲も容疑者の一人では？　というのがナナコの疑問だった。

「それがね、私にはアリバイがあるんだ」

＊

「先輩、私は容疑から外れるんですか?」

昼休み、美咲はのちにナナコが思い浮かべるのと同じ疑問を、早乙女先輩にぶつけていた。

「今日、右手が盗まれたのは、三限と四限の間だ」

「三限と四限の……あっ」

その時間、早乙女先輩は、二年B組の教室にいる美咲のところに、地区大会に関する書類を持ってきていたのだった。ジョリーシアターに提出する、トラックによる大道具の搬入の申請書であり、顧問、部長の他、舞台監督の署名・捺印《なついん》が必要とのことで、実は二週間も前に早乙女先輩が受け取っていたもののすっかり忘れてしまっていて、提出期限が今日だということが判明していた。えーどうするんですか。今署名・捺印すればいいだろう。私ハンコなんか持ってないですよ。拇印《ぼいん》でもいいはずだ、朱肉は持ってきた。やですよ、親指赤くなっちゃう。早くしろ。わーやめて。……という一連のやりとりがそこで行われた。

早乙女先輩はその足で顧問の愛ちゃんのもとへ行って申請書をファックスしてくれるように委託し、授業時間ぎりぎりで三Eの教室に戻った。ふと思い立ってカバンの中を覗《のぞ》くと、すでにUSBハンドは盗まれていたのだそうだ。

「二限の終わりに、机の左わきのフックに引っ掛けてあるカバンの中を覗いたときにはあった。手を差し入れて握手までして確認した」

USBメモリと握手って……。

「状況から考えて、三限と四限の間に犯行が行われたのは間違いない。君には現場不在証明、すなわちアリバイがあるというわけだよ」

そして早乙女先輩は頭を抱える。

「不可解だ。まったく不可解だ」

いつもの切れがないように思える。受験勉強と、部活と、新たな脚本。この人の日常はいつでもぎゅうぎゅうだ。

「ねえ先輩」

美咲はため息をつくような声で訊いた。

「学校にUSBを持ち込んでまで、どうしても今、脚本を書かなければならないんですか？」

「何？」

「今は受験勉強に集中して、合格が決まってから新たな気持ちで書けばいいじゃないですか」

つまらないことを、とでも言いたげに紙パックのオレンジジュースをすする先輩。

「常識的に考えて、三年生は今の時期、勉強が何よりも大事じゃないですか。うちの姉だって、牛丼《ぎゅうどん》屋のバイトをしながら、一生懸命勉強してましたよ」

「芝居をやる人間が、常識にとらわれてどうする」

……駄目だ。もとよりこの先輩に、お説教なんかするつもりもない。ちょっと切り口を変えてみることにした。

「先輩、予備校って楽しいですか？」

「楽しいわけないだろう。勉強は苦痛だ」

先輩は即答した。

「でも、出会いみたいなものもあるんでしょう？」

「出会い？」

美咲の中で、意地悪な気持ちがむくむくと頭をもたげる。

「月曜日の夜、ジュリアが見たって言ってましたよ。先輩がファミレスで女の人といたところ」

先輩は何か思い当たったことがあるかのように顔を上げた。

「三上くんのことか」

「みかみくん？」

「予備校で同じ講座をいくつか取っている、鳥が丘高校の三年生だ。彼女も演劇部なんだが、二時間ドラマのマニアでね。脚本にも口出しをしているらしいが……」

先輩の口ぶりがにわかに楽しそうになるにつれ、美咲は肩透かしにあったような気持ちになる。彼女という響きに〝カノジョ〟の意味はなさそうだった。ジュリアの落胆する顔が目に浮かんだ。

「ブタカンをやっているそうだ」

その言葉に、今度は身が引きしまった。脚本にも意見をするブタカン。先輩は三上さんと美咲を比べたりしているんだろうか。

「それで話が合って、予備校の終わった後によく話すようになった。そうそう。同じ講座にはもう一人、タキノ学園演劇部の津間《つま》くんという女子もいる。まだ一年生だが三年生の数学の講座を取っているんだ」

違う女子の話になってしまった。ちなみにタキノ学園というのは、駒川台高校から歩いて五分くらいのところにある私立の女子高で、登下校の通学路ではよくその学校の生徒を見かける。向こうも最近制服移行期間のようで、登校時間なんかは四種類の制服が入り乱れているのだった。

「休憩時間にはよく三人で話しているんだが、津間くんの家は門限があるから、ファミレスでの情報交換は、三上くんと俺の二人なんだ。津間くんは、文化祭で俺たちの公演を見てくれたらしいぞ」

女子が二人も登場するのに、まったく色恋沙汰《ざた》を感じさせない話。早乙女先輩、ひょっとして女の子には興味ないんじゃないの？

「彼女たちの学校も地区大会に出場するらしい。場所も俺たちと同じジョリーシアターだ」

「え、じゃあ、リハーサルも一緒？」

「タキノ学園は俺たちより一週間早い十一日に本番があって、リハーサルも終わっているそうだが……そうだ！」

先輩は突然、手を叩いた。

「美咲くん。土曜日、午前中だけでも一緒に行ってみるか？」

「どうしてですか？」

「鳥が丘高校のリハーサルの見学だ。それを参考にして、午後、学校で最終リハのリハをやればいい」

なるほど。……それはいいかもしれない。他の学校のを見て自信をなくすというリスクもあるかもしれないけれど、やっぱり何でも見てやろうっていう精神のほうが大事だと感じる。

「今日、予備校で津間くんを誘ってみよう。彼女も土曜日、くるかもしれない」

早乙女先輩が勝手に納得したそのとき、午後の授業の予鈴が鳴った。メロンパンを口に詰め込み、ミョウガの箱ごとＵＳＢハンドをスクールバッグに入れると、先輩は立ち上がった。見立て盗難事件の話はなんだかんだでうやむやになってしまった。今日の昼休みは、先輩の脚本執筆もお休みになったということだ。

「ちょっと、ちょっと」

美咲はまだ弁当が半分くらい残っている。片づけるまで待ってよ。

「じゃあまた、今日の練習で」

早乙女先輩は一方的に言って、その場を去っていった。

＊

ごほっ、ごほっ……。

タキノ学園の津間さんの話の途中から、ナナコは少しずつ咳が多くなっていたけれど、ついに咳に変な音が混じってきた。

「ちょっと大丈夫？」

美咲が心配してかがみこんだそのとき、

「北条《ほうじょう》さん？」

背後から、看護師さんがやってきた。

「北条さん」

ナナコは咳き込んだまま、右手でＯＫサインを見せた。ひゅうひゅうと喉《のど》が鳴っていて、ＯＫにはとても見えない。

「ナナコ……」

「申し訳ありませんが、負担がかかるといけませんので」

「わ、わかりました」

心配だけど仕方がない。ナナコには早いところ、回復してもらわないと。

「じゃあね、ナナコ」

美咲は手を振る。ナナコも手を振り返し、ふーっ、と息を吐くと、ゆっくり目を閉じた。だいぶ辛《つら》そうだ。余計な話をして心配を与えてしまったんじゃないだろうかと、美咲は急に心配になった。

5.

〈あー、私はちょっと課題をやろうと思うので、土曜の午前中はパスですねー〉

画面の向こうでりかぽんがナグリを振る。

〈私もです〉

ジュリアも言った。

〈ちょっと用事があるんで〉

「そっか」

四人がいるのは、それぞれの自宅。インターネットを使った無料通話システムだ。トミーが使うことを提案し、最近では夜中の十二時半からしばらく、「スタッフ会議」と称しただらだら話をこうして行うことが多い。こんなに深い時間にやるのは、ジュリアが家のリビングにある共有のパソコンしか使えないという理由によるものである。

美咲は、今日早乙女先輩から誘われた、鳥が丘高校のリハーサルを共に見に行くメンバーを募っているのだった。正午くらいに切り上げてくれれば、午後二時からの演劇部の活動時間に十分間に合う。と思ったけれど、りかぽんもジュリアもつれない返事だ。

「トミーは？」

同行してくれるんじゃないか。美咲は淡い期待を込めてみた。

〈興味はあるのですが、それが逆に気後れさせるというか……〉

「気後れ？」

〈ええ。他校の照明プランを見てしまうと、心変わりが起こって、別の照明プランを早乙女先輩に提案したくなる気がするのです〉

さすがトミー。自分の心変わりまでも計算に入れているとは。

「じゃあ私一人で行ってくるかな……」

〈いってらっしゃーい〉

りかぽんがのんきに言って両手を挙げる。同時に彼女の背後の本棚から雑誌類がどたどたと音を立てて崩れた。

「いいかげんに部屋、掃除しなよ」

美咲は苦笑いをした。

〈ところで美咲先輩〉

ジュリアが話しかけてきた。

〈まだあの、早乙女ＵＳＢ事件、追っかけてるんですか〉

「うん……」

〈早乙女先輩が学校にＵＳＢを持ってこなければ済む話なんじゃないですか？〉

「たしかになんかもう、意地になってる感じがするよね」

〈美咲先輩は世話焼きさんだからなあ〉

雑誌類を本棚の上に乗せ、戻ってきたりかぽんが笑う。トミーはわけのわからないレーザー光発射装置みたいなのをチカチカさせている。

「みんなだって、読みたいでしょ。早乙女先輩の新脚本」

〈早乙女先輩はもう、私たち向けには書いていないのではないでしょうか〉

トミーが言った。

〈先輩はもう卒業が近い。たぶん卒業後、新たなステージで発表する脚本でしょう。冬公演の脚本は既成か、錦野《にしきの》さんに任せるべきではないでしょうか〉

早乙女先輩の脚本を使うのは今回限りということだ。変人だけど、その脚本には魅力が溢れている。寂しい気持ちがした。

〈ところで、日曜のリハーサルに関して、気になることがあるのです〉

トミーはまだ続けていた。

〈みなさんもご承知だとは思いますが……〉

とそのとき、男の人の声が割り込んできた。「お前、何、ブツブツしゃべってるんだ」と言っているようだ。

〈あっ、ヤバい〉

ジュリアの画面が一方的に暗くなった。きっと、リビングでこそこそしゃべっていたのが見つかってしまったのだろう。そろそろ一時。お開きにしたほうがいいかもしれない。

どたどたどた。りかぽんの後ろで、さっきより派手に本が落ちた。

6.

翌日。十月二日、金曜日。美咲は再び、昼休みにプールの近くにいた。

「これを見ろ」

早乙女先輩が美咲に突きつけてきたのは、すっかりおなじみになったＵＳＢハンドだ。

「また盗まれたうえで返却されたんですか」

「そうだ」

先輩は昨夜も二時くらいまで勉強をしていたが、突如「天啓のように」脚本のアイデアが降ってきた。パソコンの使用を止められているのでルーズリーフに夢中で書きなぐり、いつの間にか六時になっていた。睡眠時間ほぼゼロで登校し、睡魔は授業中にやってきた。先輩は午前中の四時間の授業をほぼ寝飛ばしてしまった。それでも一限・二限間と二限・三限間の十分休みに目が覚めたときには、その都度机のフックに引っ掛けてあるカバンの中に手を差し入れ、USBハンドがあることをたしかめた。ゆえに犯行はまたしても三限・四限の間に行われたものと思われる（前日ちゃんと寝て、万全の態勢で見張るという対策はできないものかという意見がこの先輩に受け入れられないのは、美咲はもう十分承知していた）。

本日「見立て」のイタズラが施されていたのは、掌《てのひら》の部分だった。小さなビニール袋が貼り付けられており、中には小さな銀色の粒々がたくさん入っている。小学生の頃、家庭科で使った覚えがある。ケーキの飾りに使う砂糖菓子だ。名前はたしか……

「アラザンじゃないですか」

「食べてみろ」

美咲はビニール袋の中から粒を掌に出す。五粒出た。甘いとわかっているから平気だ。思い切り口に放り込む。

「苦い！」

吐き出した。先輩が見ていなかったら唾《つば》を吐きたいくらい苦い。

「なんですかこれ、腐ってるんですか」

「アラザンが腐るか。仁丹《じんたん》だ」

薬の一種だそうだ。なんでわざわざアラザンに似せた薬を作るのか意味不明だ。

それにしても、もし一連の事件が「見立て盗難事件」なのだとしたら、これは一体どの忍者にちなんだイタズラなんだろう。腕時計は葉隠狂刻、ナイフは銀光金剛、ミョウガは茗荷谷一刀斎。となれば残るは、昨日ナナコが予想していた悪役の月影大音量か、主人公の清瀬◎か、弟の英〒、ということになるけれど……でも、三人とも仁丹を操る忍者じゃないし、そもそも『白柚子姫と五人の忍者』に仁丹なんか一度も出てこない。

……と思っていたら、早乙女先輩はすぐにその答えを教えてくれた。

「見ての通り、『外郎売』の見立てだ」

ういろうといえばもちろん、名古屋名物の和菓子。美咲も誰かのお土産で食べたことがある。見た目は羊羹《ようかん》みたいだけれど、食感はもう少し練り物っぽいあれだ。

「これ、全然ういろうに見えませんけど」

すると早乙女先輩は、ため息をつきながら肩を落とした。

「君はひょっとして、『外郎売』のういろうを、名古屋名物のういろうと思っているのか」

「え、違うんですか？」

「外郎売の外郎は、小田原名物のほうだ」

「名古屋のと小田原のは形が違うんですか？」

「形が違うどころか別物だ。名古屋のは和菓子、小田原のは薬だ」

早乙女先輩によれば、小田原の外郎とは、中国から伝わってきたという、口臭などに効果のある薬だそうだ。今でも小田原の一社で取り扱っているのだけれど、買うには薬剤師との相談が不可欠であり、手に入れるのは難しくなっているらしい。

「だいたい、『外郎売』は曾我《そが》兄弟の仇討《あだうち》の話の一幕だと教えたろう。あの話が相模《さがみ》の話だということを考えれば名古屋に発想が飛ぶなんてありえない」

そんな、さも常識みたいな顔して言わないで下さいよ、という言葉は飲み込むことにする。

「小田原の外郎の見た目はこの仁丹とそっくり。この見立てが『出摩《でま》枷龍次《かせりゆうじ》』を表していることは間違いないだろう」

「え、ええ、そうですね」

「これで、犯人ははっきりした」

早乙女先輩は自信満々に断言した。

「誰ですか？」

「辻本だ」

7.

その日の夕方、美咲は再びナナコの病室にいた。負担を掛けてはいけないと思いつつも、ナナコに新たな情報を与えることで気を紛らわしてもらえれば……という思いもある。

いや、ひょっとしたら病床のナナコが、急速に不可解さを増すこの謎《なぞ》を解いてくれるんじゃないかという期待もあった。もやもやした気持ちのまま、明日の鳥が丘高校のリハーサル見学に行っても、集中できないんじゃないだろうかという不安がある。現に、今日の「リハのリハ」もまったくごちゃごちゃのまま終わってしまったのだ。

「まこっちゃん……？」

早乙女先輩が辻本実《まこと》くんを疑ったと話すと、ナナコは目を見張った。昼休みに、自分もこんな顔をしたのだろうなと美咲は思った。

「なんで」

「それがね、『外郎売』に見立てられているってことは、出摩枷龍次を表しているってことじゃん」

出摩枷龍次というのは、九月の文化祭において辻本くんが演じた悪役忍者の一人だ。

「偽渦巻の術」という、口から思いつくままに出まかせを並べ立てて聞く者の世界観を捻じ曲げて苦しめるという術を使う。その出まかせの長ゼリフが、『外郎売』のパロディなのだ。

辻本くんは夏休み、この長ゼリフを覚えるのに相当苦労していた。

ところが先日、この役は「一校一時間」という枠にあわせるため、脚本からなくなってしまった。辻本くん自身は早乙女先輩の演じていた仙人という役を代わりに与えられることで決着がついた。

「あの役、難しいらしくってさ」

「わかる……」

ナナコは眉《まゆ》をひそめた。

辻本くんはやる気満々で仙人のセリフを覚え始めたものの、どうも演技が追いついていかないのだった。まず、辻本くんは背が高い。ついでに声も高い。……いくら腰を曲げてしわがれっぽい声を出しても、どうも老人に見えないのだ。だから最近は歩き方から練習をしているけれど、本番までに様になるかどうかというところだった。自分でも納得いかないところが多いらしく、ダメ出しに対して大声で言い返す姿を美咲も何回か見た。

辻本くんは出摩枷龍次という役を戻してほしいと思っているのではないか、というのが早乙女先輩の辻本くん犯人説の根拠だった。悪役忍者の見立ての中に『外郎売』を入れることにより、出摩枷は永遠に不滅なのだというメッセージを発しようとしているのだと。

「それで」

ナナコは不安げに美咲を見る。

「まこっちゃんは」

「うん、それがね」

美咲は額を掻《か》いて、放課後、部活での出来事を話した。

＊

「僕じゃないですよ！」

講堂裏に呼び出された辻本くんは、早乙女先輩に対して珍しく大声を出して抗議した。

「だいたい、いつ盗むっていうんですか」

「三限と四限の間だ」

「最近は十分休みも、練習してますよ」

辻本くんは、仙人の役をもらったことを嫌がるどころか、早乙女先輩の役を引き継いだと光栄に思っているのだそうだ。練習中にダメ出しをされてイライラした態度を見せるけれど、それは満足な演技ができない自分への悔しさの現れであり、役が変わったことへの苛立《いらだ》ちではないという。最近、部活の時間はリハのリハに追われて十分な時間を取れないので、授業の合間の休み時間も惜しんで練習しているのだそうだ。

美咲はこの話に感動した。辻本くんはやっぱり、努力の人だ。

「先輩」

美咲は早乙女先輩の前にずいと出た。

「やっぱり、こんなに一生懸命な辻本くんを疑うの、よくないですよ」

先輩は少し考えるそぶりをしていたが、すっと目をそらした。

「そうだな……悪かった」

珍しく素直だ。なんだかんだ言って、早乙女先輩も辻本くんのことを買っているのだった。

「しかし、誰かが犯人であることは間違いない。俺のことを恨みに思っている誰かが」

「誰が先輩のこと、恨むんですか」

「男というのは外に出たら敵が七人いるものだ。早乙女なんか死んでしまえと思っている人間がこの世には少なくとも七人いる。色をつけて十人くらいいると言ってもいい」

どういう被害妄想なの。

「いや、俺、思ったんですけど」

辻本くんが口をはさんだ。

「逆に、ファンなんじゃないですか？　早乙女先輩の」

「何？　俺のファン？」

早乙女先輩は辻本くんに一歩近づき、その顔を睨み上げる。

「どういうことだ」

「その右手ＵＳＢには、早乙女先輩の新作が入ってるんですよね」

「……ああ。毎日、昼休みにコンピュータールームで少しずつ書いている」

受験勉強そっちのけでね。

「じゃあ毎日誰かが盗んで、ちょっとずつ読んでるんじゃないですか。でも、先輩が次を書けなくなったら困るから、昼休み直前に返してるんです。うちのクラスの女子たち、文化祭の公演を見て、先輩の別の脚本はないのかって大騒ぎでしたよ」

「何！　そいつらをここへ連れてこい！」

足を踏み鳴らす早乙女先輩。

「その子たちが犯人ってのはないですよ」

美咲は先輩をたしなめた。

「『外郎売』のういろうを仁丹で代用するってことは、演劇に詳しい人です。だいたい、演劇部じゃない人は『外郎売』そのものを知らないでしょ」

「演劇部じゃない、市川家の縁戚《えんせき》かもしれない」

ついに早乙女先輩は、歌舞伎の名門まで疑い出した。

「ねえ、三人でこそこそ何やってんの？」

講堂の陰からひょっこり顔をのぞかせたのは、まい先輩だった。

「演出とブタカンがこんなところで。明後日《あさって》、リハ本番なんだからしっかりやってよね」

久々に部長っぽい叱咤《しった》だった。

「すみません。二人とも、戻りましょう」

……このごたごたが後を引いたのか、美咲はそのあと、リハのリハにまったく集中できなかったのだ。

＊

ナナコは難しそうな顔をして、一分くらい、天井を眺めていた。呼吸も止まっちゃったんじゃないかと思うくらいの静止だった。だけど結局、美咲の顔を見つめ、「だめだ」とつぶやいた。

ナナコにも今回の謎はお手上げということだ。

犯行の動機は、辻本くんの言ったとおり、早乙女先輩の脚本を読みたかったということでいいのかもしれない。だけど、返却時に「見立て」をする意味が不明だ。さらに、いつどうやって早乙女先輩からＵＳＢを盗んでいるのか。

「みさき……」

ナナコが笑っている。

「がんばって」

明日の土曜日は、午前中は目黒まで行って他校のリハの見学だ。早乙女先輩の予備校仲間がブタカンを務める鳥が丘高校は快くリハの見学を認めてくれた。二時間ドラマの崖《がけ》を模した、けっこう大がかりな舞台装置があるそうで楽しみなのだった。

事件は起こっている。だけど、私はブタカン。正真正銘、駒川台高校のブタカンなのだ。部活のことは部活のことでしっかりやらなければ。

「たったいちびょう……」

ナナコは苦しそうに、それでも懸命に口にしようとするそのセリフを、美咲はわかっていた。

「たった一秒知らない誰かを笑わせるために、百時間でも千時間でも悩み抜く。それが、エンターテインメントってもんでしょ」

早乙女先輩の言葉だ。何度口にしても元気が出てくる。ベッドの中のナナコもうなずいた。

「面会時間終了でーす」

いつもの看護師さんがやってきた。

「じゃあ。またくるから」

美咲は立ち上がり、床頭台のフックに掛けたカバンを取った。その手を、ナナコは寂しそうに目で追っている。

本当に、本当に早く治ってほしい。手を振って、ナナコに背を向けた、そのときだった。

「みさき」

ナナコが呼び止めた。少し大きい声だった。振り返ると……その目の色がさっきまでと変わっていた。看護師さんもびっくりしている。

「どうしたの、ナナコ」

「ふっく……」

え？　なんて言ったの？

「せんぱいの、つくえの、ふっく……」

フック？　早乙女先輩がスクールバッグを掛けている机のフックのことだろうか？

「みぎ?　ひだり?」

「えーと……」

必死に思い出す。昨日、プールの近くでなんて言ってたっけ。たしか……

「机の左わき、って言ってた気がする」

ナナコは目を見開いたと思うと、看護師さんを見て、「もうすこし……」と言った。

そして数分間考え、やがて、ぽつりぽつりと推理を披露していった。

——すべてを聞いたとき、美咲は開いた口がふさがらなかった。それは、にわかには信じられない、だがそれ以外に考えられない真相だったのだ。

8.

週初めの暑さが嘘《うそ》のように、肌寒い土曜日だった。空は曇り、風が強く吹いている。

美咲は冬服を着て、ジョリーシアターへやってきた。

触れ込みに違《たが》わず小さな劇場だった。ぎゅうぎゅうに椅子《いす》を詰めても百人くらいしか入らないだろう。舞台のサイズは事前に郵便で送られていたものを、講堂にテープで象《かたど》って練習していたけれど、やはり実際に見ると違う。袖幕がないので、客席から袖の中が見えてしまうんじゃないだろうかと美咲は心配になった。

「あの、すみませんすみません。今日はどうも、よろしくお願いいたします」

鳥が丘高校の演劇部の先生にむかってぺこぺこと頭を下げているのは、われらが駒川台高校演劇部顧問、伊勢田愛先生だ。前年度に大学を卒業したばかりの二十三歳。昨年引退した老教師に代わって演劇部顧問になった（というか押し付けられた）ため、高校演劇に関してはずぶの素人《しろうと》だ。一応少しずつ勉強はしているらしいけれど、新米教師として部活より優先順位の高い勉強事項は当然多いはずで、最近では演劇部に顔を出すことも珍しくなっている。だけど今日はさすがに校外活動なので、ついてきてくれたのだった。

「まあまあ、そんなに頭を下げないで」

鳥が丘高校の演劇部顧問の先生は、少し強面《こわもて》だったけれど、愛ちゃんがあまりにも低姿勢なのでにこやかに応対していた。

「そうだ。下條《しもじょう》先生を紹介しよう」

「え？」

「下條先生だよ、高校演劇の重鎮でしょう。まあ、ちょっとこっちにきなさいって」

愛ちゃんは下條先生なる人がどんな人なのか明らかにピンときていなかったけれど、半ば強引に連れていかれてしまった。

「おお、三上くん」

舞台上に出てきた髪の長い女生徒に向かって、早乙女先輩が手を挙げた。彼女は鳥が丘高校の大道具担当と思《おぼ》しき生徒に何やら指示を出していたが、早乙女先輩の姿を認めるなり、「わあ！」と大げさに叫んで、客席に降りてきた。

「本当に見に来てくれたの？」

「ああ。ライバル校だからな」

三上さんの横顔に、美咲は見とれた。長い髪と端正な顔立ち。スカートからすらりと伸びる太ももは、劇場の中の独特の光と相まって妖《あや》しく白い。高校生とは思えないほどの美人だ。どうしてキャストじゃなくてブタカンをやっているのだろう。

「三上くん、紹介しよう。うちのブタカンの池谷《いけたに》美咲くんだ」

「あの、初めまして」

萎縮《いしゅく》してしまった。

「早乙女くんから噂《うわさ》は聞いているわ。よろしくね」

差し出された手を、ドキドキしながら握り返す。微笑《ほほえ》まれて、固まってしまう。

「津間くんはまだ来ていないのか」

「ええと、まだ顔を見ていないけれど」

「三上さーん」

舞台上から黒ジャージ姿の女の子が呼んでいた。

「ごめんなさい。そういえばリハ中だった。早乙女くん、またあとでね」

三上さんは颯爽《さっそう》と去っていった。

「早乙女さん」

後ろの扉から、今度は背の低い、縁なし眼鏡の女の子が入ってきた。白い制服。見覚えがある。私立タキノ学園の制服だ。

「津間くんじゃないか」

早乙女先輩はにこやかに笑って立ち上がった。他校の後輩にはこんなにやさしい顔をするのか。……という思いはしまっておく。

「紹介しよう。うちのブタカンの池谷美咲くんだ」

「タキノ学園演劇部一年、津間あやめです、初めまして」

津間さんは丁寧に頭を下げた。

その顔立ちを見て、美咲は確信した。

「初めまして。駒川台高校演劇部の舞台監督をしている、池谷美咲です」

そして美咲は、彼女の顔を見て、こう告げた。

「津間さん。あなたが、犯人ですね」

＊

舞台の上では、都立鳥が丘高校演劇部によるリハーサルが続いている。上手寄り前方に女子生徒が一人立ち、男子生徒が一人、その足元にバミリテープを貼り付けているところだった。それと並行して照明の色合わせが行われ、背後では別のキャストが二人、走りながら舞台の広さを確認している。……三十分という短い時間なのに、十分くらい余りそうな勢いだ。今日の午後、これを踏まえて最後の「リハのリハ」を行わなければならない。

しかし今は、それより重要なことがある。

「私のクラスに、ダンス同好会の堂前蘭子っていう子がいるんだけど」

客席の美咲は、隣に腰かけている津間さんに言った。早乙女先輩は不機嫌そうにも怪《け》訝《げん》にも見える顔つき。津間さんは無表情のまま。だけど、その顔つきが何よりの証拠だった。

「蘭子って、津間さんのお姉さんだよね」

彼女は何も言わず、舞台上の鳥が丘高校の動きを目で追っている。

「津間さんの目元。鼻筋。お姉さんにそっくりだよ」

美咲はたたみかける。

「まったく、何を言ってるんだか」

早乙女先輩が吐き捨てた。

「先輩だって、蘭子の顔、知ってるでしょ？」

「どんな顔か忘れた。だいたい、名字が違うじゃないか」

「蘭子のご両親は、離婚していて、蘭子はお父さんに、妹さんはお母さんについていったと言っています」

美咲は説明した。

「本当はお母さんについていきたかったけれど、よんどころない事情でお父さんについていったと言っていました」

「よんどころない事情？」

首をひねる早乙女先輩。心なしか、津間さんの口元がほころんだ気がした。

「蘭子は『楽しいこと、面白いことが好きだから』って意味深なことを言ってごまかしたんだけど、津間さんが妹だとすると、その意味もわかるんですよ」

「どういうことだ？」

「お母さんのほうについていくと、名字を変えなきゃいけないんです」

先輩はいよいよ難しい顔をして考え込んだが、やがてその意味するところをつかみ取り、手を叩いた。

「津間蘭子……『つまらん子』になってしまうじゃないかっ！」

蘭子はダンス同好会で、茶髪で、ピアスまであけている。そんなに華やかで、いつもワイワイ楽しく騒いでいたいような青春真っ盛りの女子高生が、「つまらん子」なんていう名前に改名しなければならないなんて、我慢がならないことだったに違いない。だから堂前蘭子でいつづけるために、父親につくことにしたのだ。まさに、よんどころない事情……って、こんなの、ナナコ以外に見破れない真相だ。

津間さんはほつれた耳元の髪の毛をすくいあげ、美咲のほうを見た。

「蘭子から聞いたんですか？」

その反応は、ナナコの推理が正しいことを意味していた。

「しかし、津間くんとその蘭子が姉妹だからと言って津間くんが犯人ということにはならないだろう。USBハンドが盗まれたのは明らかに学校にいるときだ。いくらタキノ学園がうちの高校から近いからといって、授業を抜け出してうちの学校に忍び込むなんてできない」

美咲は首を振った。

「学校で盗んでいたのは蘭子です」

「待て待て。君のクラスメイトといえば二年生だろう。二年生が三年生の教室に入ってきたら目立ってしょうがない」

「軽音部の伊原先輩って、早乙女先輩と同じ三年E組なんですよね？」

「伊原？　……ああ」

「蘭子、伊原先輩と付き合っているんですよ。授業の間の休み時間にも、ちょくちょく三Eの教室に遊びに行ってますよ。知らなかったんですか？」

早乙女先輩はきょとんとしていた。……クラスでずっと寝ている先輩は、こういう話には疎《うと》いのだろう。文化祭の接点以外、エレキギターの似合う伊原先輩と言葉を交わすようなタイプでもない。

「チャンスを見てUSBハンドを盗み、昼休み開始とともに自転車の籠に返却していたのか？　じゃあ、最初から最後までその蘭子とやらが犯人じゃないか。津間くんは関係ない」

美咲は再び、首を振る。

「先輩、登校直後や教室で、USBハンドを確認したって言いましたよね。それ、どっちの手で確認したんですか？」

「俺は机の左側のフックにカバンをかけている。当然左手をチャックの隙間から入れ……ん？」

先輩もようやく、気づいたようだった。

「握手をしたんだ。なんていうことだ。左手で握手できるんだから、相手も左手じゃなきゃおかしいじゃないか」

そう。早乙女先輩が登校時から午前中までカバンに入れっぱなしだったＵＳＢハンドは左手、つまりニセモノだったのだ。

「どういうことなんだ」

「右手ＵＳＢハンドは予備校で左手ＵＳＢハンドにすり替えられていたんですよ」

美咲は言った。

沈黙。ただならぬ雰囲気に、舞台上の鳥が丘高校のスタッフたちもこちらを気にし始めている。

「津間さん」

美咲は彼女のほうを向いた。

「なんでこんなことをしたのか、話してくれる？」

津間さんはふーっと息を吐き、早乙女先輩のほうを向いて手を合わせ、「ごめんなさい！」と謝った。

「どういうことなんだ、まったくわからん」

「私の両親、離婚して……」

「ちょっと待った！」

意を決して話を始めた津間さんを、舞台上から遮る声があった。

崖を模した精巧な舞台装置。その上に右足を掛けているのは、鳥が丘高校の美人ブタカン、三上さんだ。左手にもったクリップボードを胸に抱きしめるようにして、右手に丸めて握った台本をこちらに突きつけている。頭上からはサスペンションライトの光。端正な顔。すらっとした身なり。そしてやっぱり気になる、短いスカートから伸びる白い太もも。……やっぱりブタカンじゃなくて、キャストのほうがぴったりくる気がする。

「三人とも、上がってきなさい」

「はっ？」

「なんだかよくわからないけれど、〝犯人による告白〟でしょ？」

三上さんは台本を下ろすと、右足で崖の舞台装置をとんとんと軽く踏み鳴らした。

「そういうシーンは海に臨む崖の上って、相場が決まってるのよ」

9.

哀《かな》しげなピアノ曲のBGMが流れている。地明かりは白。がらんとした客席。

「離婚そのものはそんなに家族を暗い方向にするものではありません。今でも月に一度は家族そろってスーパー銭湯に行ったりします」

　罪の告白を始めた津間さんの後姿を眺めながら、美咲はあたかもここが見渡す限りの青い海の上の切り立った崖であるかのような錯覚に陥っていた。

「蘭子とは毎日放課後に会って、三十分くらい過ごします。私にとってつらいのは……」

　津間さんは客席や袖の中をうかがった。演劇部の顧問など、大人がいないことを確認しているかのようだった。

「私の行っている高校の演劇部が、思っていたほど面白くないということなんです」

「何？」

　早乙女先輩が声をあげた。先輩だけではなく、見守っている鳥が丘高校の演劇部員たちの顔も険しくなった。やっぱり演劇部員が芝居を愛する心はどの高校も同じだ。演劇部が「面白くない」と言われていい気持ちがしないのだろう。

「あの、誤解しないでください。演劇は好きなんです。ですが、私たちの高校は顧問の先生の権限が強く、演目も決められてしまいます。今年は水谷《みずたに》リョウ子の『紫の花』をやることになりました」

　その脚本のタイトルを聞いた瞬間、鳥が丘高校の演劇部員たちが「あー」といいながらうなずいた。彼女に同情するような感覚さえ与える「あー」だった。美咲にはその意味がわからない。

「水谷リョウ子というのは」

美咲の表情を見て取った早乙女先輩が解説をはじめた。

「長崎の女子高で長らく教鞭《きょうべん》をとっていた、教師出身の脚本家だ。高校生を主人公にした作品を多く手掛けている」

特に女子高生を主人公にした「等身大の高校生の悩み」を扱った作品が多く、スタンダードな高校演劇の脚本として多くの学校で重宝されているのだそうだ。

「まあ、いわゆる『大人受けのいい』脚本が多い。高校生が主人公なので、メイクも衣装も凝らずにすむ。大道具も机やら教卓があればいい。照明も昼、夜、暗転の三種類があればことたりる」

「冗談じゃないっつーのよね」

さらに舞台後方から、三上さんが言った。

「そんな工夫のしようのない舞台で、スタッフが満足できると思う？」

そうだそうだ、と、鳥が丘高校のスタッフたちが口々に加勢する。美咲の脳裏に駒川台高校演劇部の女子スタッフたちの顔が浮かんだ。まい先輩にみど先輩、りかぽん、トミー、ジュリア。彼女たちも同じような憤《いきどお》りを口にすると思う。

「うちの演劇部はキャスト志望がほとんどで、スタッフが舞台を作り上げるという感じではないので、とにかく水谷リョウ子の作品をやりたがるのです。別に水谷リョウ子を批判するわけではないのですが、私が演劇をやろうと思ったのは、その……もっとエンターテインメント性の強い舞台に憧《あこが》れたからなんです」

津間さんは海の彼方《かなた》を眺め、語った。いつの間にか地明かりはだいぶ抑えられ、少し青みが入っている。

「そんな折、私は蘭子の通っている駒川台高校の文化祭に行きました。そして演劇部の『白柚子姫と六人の忍者』の舞台を見て、衝撃を受けました。奇想天外な舞台設定。繰り出す奇妙な技とセリフ。体育館という、決して芝居のために作られたわけではない空間を舞台にしてしまうスタッフたちの力」

早乙女先輩の横顔を見る。嬉《うれ》しそうだった。知らない誰かを笑顔にしているこの先輩と思いを共にできることを、美咲は誇らしく思った。

「まあ、ギャグはところどころ滑っているとは思いましたが」

「そんなことはない！」

津間さんを崖から突き落とさんばかりに迫ろうとする早乙女先輩を、美咲は引き留めた。

「とにかく、私は羨《うらや》ましかった。高校生ながらあんな舞台を作り上げてしまうなんて。いてもたってもいられず、放課後、駒川台高校の近くをうろうろしていて、公園の茂みから演劇部の練習を嫉妬《しっと》しながら見ていたこともあります」

「公園の、茂み？」

不思議そうに首を傾げる早乙女先輩。美咲は嫌な予感がした。

「池谷さんと、あの清瀬◎役のキャストの方が、楽しそうに立ち回っている姿を」

「美咲くんと西野が？」

「わーっ！　それは、あの、自主練習です」

美咲は大げさに手を振って弁解した。まさか、サスペンションライトの効果が抜群の商業用舞台の上で、初対面の他校の生徒の口から、あの秘密の会合がバラされるなんて思ってもみなかった。恥ずかしい。どうしよう。恥ずかしい。

「何を騒いでいるんだ、一人で」

先輩はとくに頓着《とんちゃく》していない。

「とにかく私は、駒川台高校の演劇部が羨ましかった。そんなある日のことです」

津間さんも頓着せず、犯人の告白を続けている。

「通っている予備校の数学のクラスに、見覚えのある顔を見かけたんです。『白柚子姫と六人の忍者』に仙人役として出演されていた早乙女さんでした。文化祭でいただいたパンフレットで、脚本も担当されていたことを知っていた私はすぐに話しかけ、三上さんとともに演劇の話をするようになりました。そして、早乙女さんが、受験勉強中にもかかわらず新たなる脚本の執筆に取り掛かっていること、さらに、それをマネキンの右手に埋め込んだＵＳＢメモリに記録して持ち歩いていることを知ったのです」

彼女は興奮していた。なぜ右手にＵＳＢを？　という疑問がわかないあたり、彼女もちょっと変わっている。

「読みたい。すぐに読みたい。私はそう思いました。ですが完成していない脚本を、同じ高校の演劇部の仲間にも見せないうちから見せてほしいなど、口が裂けても言えません。早乙女さんが家ではパソコンを取り上げられていて脚本が書けず、昼休みに学校のパソコンを借りて執筆しているという事実を知った私は、一つの計画を練り上げました」

「予備校で、ＵＳＢハンドをすり替えることですね」

津間さんはうなずいた。

「そうです。私もマネキンの右手を調達しようとしたのですが、どうしても左手しか手に入らなかったんです。しかたなくそれで、ダミーの手のＵＳＢを……。私が駒川台高校の演劇部を羨ましがっていることを知っていた蘭子は、快く協力してくれました」

まず、予備校で津間さんが本物の右手とダミーの左手をすり替え、うちに持ち帰った右手の中身を自分のパソコンに取り込む。翌日の朝遅めに登校し、駒川台高校の生徒に混じって校内に入り、自転車置き場に停めてある先輩の自転車の籠の中に右手を返却し、その後どこかで着替えてタキノ学園に登校する。

「待て、そんなことができるか」

早乙女先輩が止めた。

「制服はどうする」

「今は制服の夏服・冬服移行期間です。まだ夏服の生徒が多い中、蘭子から借りた夏服を着て、駒川台高校の生徒に混じって入れば、バレることはありません」

津間さんは答えた。……考えてみれば、まだそんなに涼しくないのに蘭子が冬服を着ていたのは、妹に夏服を貸すためだったのだろう。

津間さんは犯行の説明を続ける。

「一方、駒川台高校の中では、午前中、隙を見て蘭子が早乙女さんの教室に忍び込み、ダミーの左手を盗んできます。初めのうちは早乙女さんは戸惑うかもしれませんが、自転車の中に右手が返却されているというパターンを知ったあとではすぐに回収して、昼休みの残りの時間に脚本の続きを書ける。そう思ったのです」

……なんと回りくどい。しかしとにかく、この計画は初めのうちは成功していたわけだ。

「しかし、まだわからないことがある」

早乙女先輩が言う。

「どうしてあんな見立てを？」

「それは……」

津間さんは今までに輪をかけて申し訳なさそうにうつむいた。

「初日に早乙女さんのUSBを家に持ち帰ったとき、手首の部分を机の角にひっかけて傷つけてしまったのです。焦った私は部屋の中を見回し……小学校のときにつけていた壊れた時計を発見しました。隠すために傷の部分に糊を垂らし、腕時計を巻き付けたのです。結果的に、余計に汚してしまいました。その後、時計が『薬隠狂刻』につながることに気づき……、ナイフ、ミョウガ、ういろうとやってみたのです。これは、私からのファン愛の証《あかし》と思っていただければ」

「でも結果的にそれが、津間さんへの疑いを深めることにつながった」

美咲は口をはさんだ。津間さんはどういうことか、という顔をしている。美咲は彼女に告げた。

「出摩枷龍次は、脚本からいなくなったんだよ」

「えっ？」

「地区大会の、一校一時間という規定に合わせるためだ」

早乙女先輩が口添えする。津間さんは呆然《ぼうぜん》としていた。

美咲はつづけた。

『外郎売』のういろうが銀色の粒々の薬であるということまで知っていることから考えて、犯人は演劇に詳しい人。出摩枷龍次のセリフが『外郎売』のパロディであるのを知っていて、そのうえ、出摩枷龍次が脚本から削られたことを知らない人物……と考えると、一度舞台を観《み》たけれど演劇部の最近の内情を知らない人という結論に達するわけ」

「演劇に詳しく、文化祭公演を見ているがその後出摩枷龍次が削られたことを知らず、USBハンドをすりかえるチャンスがあり、駒川台高校内部に協力者がいて、しかも登校時に駒川台高校の自転車置き場に立ち寄れるほど近い学校に通う人物……考えれば考えるほど、君以外にいないな」

早乙女先輩はうなずき、津間さんの顔を見つめた。津間さんはしばらく、先輩と美咲の顔を交互に眺めていたが、唇を噛んで下を向いた。

「……早乙女さん。いいブタカンがついていて、羨ましいです」

涙声になっている。

「すみません……」

後の判断はすべて、早乙女先輩に委《ゆだ》ねられた。先輩は津間さんに一歩近づいた。

「泣くんじゃない」

意外にもやさしい声だ。顔を上げる津間さん。

「許してくれるんですか……?」

「許しはしない」

「早乙女さん……」

「だがそれは脚本を盗み読みしていたことじゃない。むしろ、盗んでまで読みたいという思いには感謝したいくらいだ」

真剣なまなざし。BGMは悲しげな曲から、次第にエンディングテーマのようなものに代わっていた。照明には赤みが混じってきた。ふと振り向くと、三上さんが照明ブースに向けて手で何か指示を出していた。

「君の罪は、高校演劇を甘く見ていることだ」

「えっ?」

「俺たちは高校生。今、青春をかけるべきは高校演劇だ。脚本が教師による押しつけで、いかに面白くなく思えても、それに全力を傾けなければ部活とは言えない」

「でも……」

「面白くないものからは何も学ぶべきものがないなんていうのは、向上心のない人間の言い訳なんだよ」

津間さんの顔に人差し指をびしっと突きつける早乙女先輩。

「君たちは本当にちゃんと照明プランを組んだか?　昼と夜の太陽光を表すのに適した

照明を吟味したか？　机一つとってもそうだ。役者の演じやすい舞台空間を作るために最適の机の配置をしっかり研究したのか？」

「それは……」

「……実は俺もこのあいだの文化祭まで気づくことはなかった。限られた舞台空間、限られた照明器具。制限された状況でも工夫すれば多くの観客を楽しませ、自分自身も多くを学べるのだと」

美咲もあの文化祭のことを思い出す。講堂が火事で使えなくなって、体育館というより劣悪な環境下で芝居をしなければならなくなったけれど、舞台を一から作り上げることで、他では体験しえない充実感を味わうことができた。

「脚本もまた、演劇に制限を加える要素のひとつなのかもしれない。だがその制限の中でもがき苦しみ、より多くを学び取ろうとする者だけが、本当に自分のやりたいことを見つめられるんだ」

サスペンションライトとスポットライトの光を残し、照明がＦ《フエイド》・Ｏ《アウト》していく。美咲は早乙女先輩の顔に見とれた。悔しいけれどこういうとき、素敵なんだよな、この人。

と、美咲の左袖が誰かに引っ張られた。鳥が丘高校の三上さんだった。

「えっ、なんですか？」

「いいから」

美咲はそのまま、上手袖の中へ引きずり込まれた。いつの間にか鳥が丘高校スタッフたちも袖に引っ込んでいる。

「今は制限に苦しもう。そしていつか一緒に作り上げようじゃないか。俺の脚本で、最高の舞台を」

「早乙女さん！」

先輩は人差し指を客席の天井方向へと突き上げ、恍惚《こうこつ》の表情を浮かべている。津間さんもその指先を見つめている。闇《やみ》の中に映えるサスペンションライトとスポットライト。BGMは次第に大きくなっている。

「おたくの先輩、カッコイイね」

三上さんが小声で囁《ささや》いた。その瞬間ようやく美咲は、なぜ自分が袖に引きずり込まれたのかわかった気がした。

これは、切り立った崖の上で、犯人が罪の告白をし、被害者がそれを許し、さらなる未来を見据えるという、感動のラストシーンなのだ。そんなシーンに、スタッフの姿は必要ない。

「ここが、私たちの、特等席」

三上さんはそういって微笑みかけてきた。舞台から漏れてくる薄明かりの中の端正な笑顔。どんなアイドルよりも、女優よりも、モデルよりも美人だけれど、この人にはやっぱり、スタッフが似合う。キャストに光を当てて自分は闇に潜む愉悦。観客からは見えないところで感動を産む喜び。

やっぱり今日、見学に来てよかったと、美咲は心から思うのだった。

10

『天に雲、地に土、そして人の世に茗荷あり』

舞台の中央で、ジャージ姿の兵藤くんが手をかぎ状にしてぐるぐる回している。茗荷谷一刀斎が他人の記憶を奪う、『茗荷忘忘術《みようがぼうぼうじゆつ》』だ。

『忘却をほしいままにする、愛《いと》し歯ごたえと、拭《ぬぐ》いがたき風味。忘れたとは言わせても、よもや覚えているとは――』

「はーい、そこまでですーす」

美咲は大声を出して、兵藤くんの前に立ちはだかり、ストップウォッチを止めた。

「ええ、こんないいところで？」

「三十分経ったから。立ち位置わかったでしょ？」

不満そうな兵藤くん。だが、他の男子キャストたちが「おつかれさまでーす」と言いながら袖から出てきたので、あきらめたようだった。

「じゃあミーティングー」

まい先輩が手を叩き、一同は舞台上に輪になる。

——リハーサルはキャストの不満を買ってでも、スタッフ優先にすべし。これは午前中、ジョリーシアターを去り際に三上さんが教えてくれたことだった。学校にもよるだろうけれど、演劇部というのはどうも、キャストが幅を利《き》かせる傾向があるらしい。自分たちこそが演劇の主役だと思うあまり、ついスタッフのことをないがしろにするキャスト部員も多い。そんなキャストのわがままに振り回されてリハがうまくいかず、本番中に劇場スタッフに怒られる学校も多いという。

キャストのわがままなんて無視してスタッフがやるべきことを優先する。そのほうが結局、リハーサルはスムーズに行くことが多いのだそうだ。

駒川台高校に帰ってきて最終リハのリハ、美咲はアドバイス通り、強引にことを進めてみた。そして、兵藤くんの見せ場をぶった切ったにせよ、なんとか三十分以内にやるべきことは全部できたのだ。

「明日も、今の感じでよろしくおねがいしまーす」

美咲はみんなに向かって言った。兵藤くんをはじめ、案の定不満がっているキャストもいたが、早乙女先輩が「最後のでよし」と押し切った。

「じゃあ明日はりかぽんのお父さんがトラックで搬入を手伝ってくれるんで、九時、遅刻厳禁で」

まい先輩による、ミーティングの進行は続く。

「他に何かある人、いますか」

すると、手が上がった。

「はい、トミー」

トミーはすっと立ち上がった。……一体なんだろう？

「みなさん、ご承知のことと思いますが」

あれ、どこかできいたセリフ。そういえば、一昨日の夜中、トミーは何か言おうとしていたっけ。

「台風が近づいていています」

え？　一同はお互いの顔を見合わせた。

「もし明日、搬入ができないくらいの風雨になった場合、どうしますか？」

「いやいやいやいや、大丈夫だって」

荻原先輩が立ち上がり、ひょいと舞台から降り、外に続く扉を開けた。とたんに、ものすごい風が吹き込んできた。

「あ」

先輩の声に、一同は扉に寄った。

アスファルトに、雨粒が模様を作り始めているところだった。

「まあ、そのときはそのときでしょ」

まい先輩はにこやかに笑う。

そのときはそのとき。もちろんそうなのだけど……美咲はなぜか、胸騒ぎがして仕方なかった。

第三幕　被告人は美咲《みさき》！　地区大会ケチャップ裁判

――あなた方キャストは、舞台裏のことなんか心配せずに、
自分の芝居に集中していればいいんです。
……もちろん、ブタカンを信じられれば、の話ですけど。

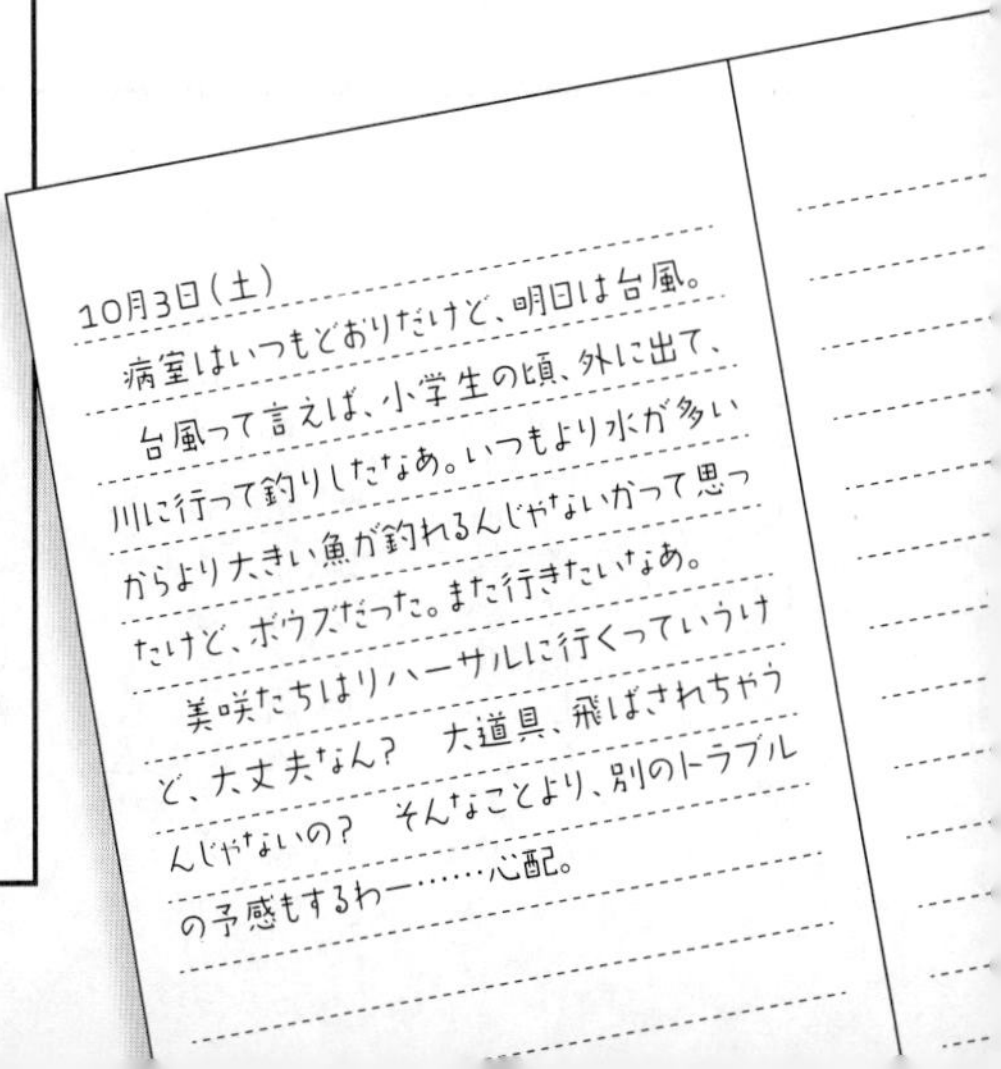
10月3日(土)
病室はいつもどおりだけど、明日は台風。
台風って言えば、小学生の頃、外に出て、川に行って釣りしたなあ。いつもより水が多いからより大きい魚が釣れるんじゃないかって思ったけど、ボウズだった。また行きたいなあ。
美咲たちはリハーサルに行くっていうけど、大丈夫なん？　大道具、飛ばされちゃうんじゃないの？　そんなことより、別のトラブルの予感もするわー……心配。

1.

風邪気味で、顔が熱い。さっき少し眠ったので、頭の痛みはだいぶ引いていた。

「それでは、開廷いたします」

百九十センチはあるんじゃないだろうかという男子生徒が言った。学ランを着込み、ガリガリに痩《や》せた体に坊主頭《ぼうず》。都立露沢《つゆざわ》高校三年生、名前は水田《みずた》コジローさんというらしい。もちろん勝手に名乗っている芸名だろう。高校生ながらに芸名を名乗るなんて気取っていると思っていたけれど、彼が優秀な舞台監督《ブタカン》であることは、先日の「リハーサル」を見て、美咲《みさき》もよくわかっていた。

リノリウム床のその部屋は二十畳くらいある。しかし、三校分の大道具が並んでおり、さらに三校分二十数名の高校演劇児たちがひしめき合っているために広さは感じられない。

「被告人は、その椅子《いす》へ」

ギャラリーが囲んで見守る中、部屋の中央には学校で使うような普通の椅子が一脚。

「被告人って……」

ジュリアが睨《にら》むような目つきで言ったが、水田さんは動じない。

「はい」

美咲だって自分が被告人呼ばわりされるのは気持ちがいいものではないけれど、この雰囲気ならば仕方がない。ゆっくりと椅子に歩み寄り、座った。

「お名前は？」

水田さんが訊《き》いてきた。

「池谷《いけたに》美咲です」

「所属は？」

「駒川台《こまがわだい》高校演劇部です」

「役職は？」

「舞台監督です」

ギャラリー、いや、傍聴人の中から、かすかなざわめきが漏れる。「ブタカンがあんなことを……」というような雰囲気だった。

「うるさい！」

ジュリアが彼らを一喝した。

「池谷さん」

水田さんは、場が緊迫するとより落ち着くタイプらしかった。舞台監督よりもキャスト向きだ、いや、舞台監督も本番中は落ち着いてなきゃダメか。

「このイタズラをしたのは、あなたですか?」

彼は、背後に積まれたものを指さす。三段三列に積まれたボックスティッシュの大ダンボール。すべて、〈ソフトポポ〉というロゴの下に黒い波状のラインが入っている。

中身はほとんど空だけれど、箱自体が潰《つぶ》れないように丸めた新聞紙やらなんやらが入れられているらしい。私立明玉《めいぎょく》学園高校の演目に使う大道具だ。そして、最も下の段の真ん中のダンボール、波のラインの下の部分にケチャップと思《おぼ》しき赤いものがべったりついているのだった。つけてしまったことを後悔するかのように、拭《ふ》いた跡までついている。

「いいえ、違います」

「嘘《うそ》よっ!」

美咲が否定すると即座に、明玉学園高校の緑ジャージの一群の中から出てきた女子生徒が叫んだ。長い髪の毛の先をカールさせ、目がぱっちりしていて、いかにも花形女優といった感じだった。榊原《さかきばら》さんという名前だそうだ。

「あなたしかいないじゃない!」

「私は、眠っていただけです」

「そんな言い訳が通用すると思っているの?」

「うちのブタカンがそんなことをするわけない」「そうだそうだ」

駒川台高校の男子キャストたちが口々に言った。

「その子しかいない」「白状しろ」

明玉学園高校も引かない。一触即発の言い合い状態になってしまった。

十月十六日、金曜日。高校演劇・東京都第三地区大会の日程は先週の土日から本番を迎え、駒川台高校の本番は二日後に迫っている。

本当に本当に、直前までトラブルがついて回るんだから……。喧騒《けんそう》の中、その中心にいる美咲はため息をついた。

2.

――話は、十月四日の日曜日にさかのぼる。

午前十時、美咲たち駒川台高校演劇部の一同はジョリーシアターの最寄である私鉄の駅の構内に集合して、顧問の愛《あい》ちゃんを待っていた。改札と、併設されている大型ショッピングセンターの入り口との間。屋根のあるスペースを少し出ると、傘も役に立たない土砂降りだ。……生徒たちはみんな、前日の打ち合わせ通りにカッパを持参していたのだけれど、顧問の愛ちゃんだけがカッパを持っておらず、今、急遽《きゅうきょ》ショッピングセンターの中に買いに走っているところだ。

しかし、男子キャストたちがおとなしく待っているわけはない。兵藤《ひょうどう》くんや石田《いしだ》くんなどは「修行だ！」とわけのわからないことを口走って土砂降りの中に躍り出ている。

まったく……。

「俺さあ、雨ガッパって、すごく嫌な思い出があるんだよな」

前ボタンを閉じながら、荻原《おぎわら》先輩が誰にともなくしゃべりだす。いつもなら一番にはしゃぎ出すほどお調子者の彼のテンションがやけに低いのが気になった美咲は「なんですか？」と訊いた。

「小学校のころ、クラスでウーパールーパーを飼っててさ」

いきなり、とんでもないところに話が飛んでいった。演劇部の男子はいつもこうだ。

「カルロスって名づけて可愛《かわい》がってたんだ。ベランダに水槽を置いてさ。俺ともう一人が飼育係をやってて、しょっちゅう水を替えたりして。でー、ちょうど今みたいな台風の時期だったよ。夕方はまだ雨も降ってなかったんだけど、夜になって夕飯食ってるときに、外はもうすごい雨風で、そんとき不意に俺、気づいたわけ」

嫌な予感がする。

「ベランダにカルロスの水槽、出しっぱなしだ、って」

「やばいじゃないですか！」

いつの間に話を聞いていたのか、我妻《あがつま》くんが割り込んできた。華奢《きやしや》で、女の子役が似合う。カッパも黄色の水玉模様だ。荻原先輩は美咲の顔から我妻くんのほうに視線を移して続けた。

「ああ。それで俺、カッパ着て家を飛び出して、ボロボロ泣きながら学校に向かって走って」

美咲と我妻くんの他には、早乙女《さおとめ》先輩が耳を傾けているようだった。

「だけど途中、下水道が溢《あふ》れかえってて通行止めになってたんだ。交通整理の警察官に『帰りなさい』って怒鳴られてさ、もう、しかたないから家に戻ったんだよ。カルロスが流される、カルロスが流される……って」

荻原先輩は悲痛な面持ちになっていく。

「そんとき、雨に濡《ぬ》れたカッパのフードがほっぺたにべとって付いていた感触が、忘れられなくてさ。まあ、これが俺の、雨ガッパに関する嫌な思い出」

……なんで午前中から、こんな話を聞かされなきゃいけないんだろう。美咲は荻原先輩の近くに立っていたことを後悔した。

高校演劇の地区大会は、照明、音響、その他設備が整えられた舞台を借りて行われ、各校にはリハーサルの時間が事前に与えられる。十月四日は駒川台高校と、同じ十八日に上演する四校のリハーサルの日であった。

リハーサルとは言っても、本番と同じく一時間の上演をみっちりできるわけではない。与えられる時間はわずか三十分で、大道具の入り・ハケや、重要なシーンのキャストの立ち位置、照明の位置合わせや色合わせなど、どうしても必要なことをこなさなければならない。そのため各校はそれぞれ「リハーサルのリハーサル」と呼ばれる事前練習をしてきてからリハーサルに臨むことになる。この間、時間を気にしつつスタッフ・キャストに指示を出していくのはもちろん、舞台監督、つまり美咲の役目だ。

初めは戸惑っていた美咲だけれど、最終的にはしっかりリハーサルのリハーサルをやり込み、ギリギリ三十分でやるべきことを完璧《かんぺき》に押さえることができた。大工をしているりかぽんのお父さんに大道具搬入のためのトラックを借り、運転もお願いして、いざリハーサル！　と気合も十分だった。

……が、
十月四日。この日、関東地方に大型の台風が迫っており、目黒・世田谷一帯はアスファルトも見えなくなるくらいの叩《たた》きつける大雨。風も強く、気温も低かった。

地区大会実行委員当局が当日の朝、各校へ入れた連絡はこのようなものだった。

「リハーサルは行う。ただし、大道具の搬入は危険なので別日とする」

つまり、部員たちだけが会場のジョリーシアターへ行き、立ち位置、照明合わせ、大道具の位置を決めたバミリ（舞台上に目印のテープをつけること）のみを行うということなのだった。

というわけで、一同は最寄駅に集合時間を一時間遅らせての集合となったのだ。

「みなさん、ごめんなさーい」

ショッピングセンターから愛ちゃんが出てきた。早速、袋を開けてカッパを着始める。

「それで結局、カルロスはどうなったんですか」

我妻くんが荻原先輩に訊いた。

今から土砂降りの中を十分くらい歩こうという時に、ウーパールーパーの命運が気になるのだろうか。まあ、美咲も気にならないと言えば嘘になるけれど、やっぱりなんだか嫌な予感しかしない。

「次の日の朝、登校してすぐにベランダにいったら、水槽はもぬけの空。どこいったんだろう、ってふと見たら、雨樋《あまどい》に繋《つな》がってる排水溝あるだろ」

「ありますけど、まさか……」

「そこに変わり果てたカルロスが」

「わぁん、カルロスっ！」

天を仰いで叫ぶ我妻くん。通行人たちが何事かとこっちを振り向く。早乙女先輩が顔を歪《ゆが》めて首を振る。

「でー、俺、クラスメイトたちから責められるのが嫌で、もう一人の飼育係のせいにしちゃったんだよね」

「カルロス、カルロス、カルロス！」

十字でも切らんばかりの我妻くん。恥ずかしくて、美咲は感情移入できなかった。

「我妻、うるさい！」

部長のまい先輩が一喝する。愛ちゃんはすでにピンク色のカッパを羽織っていた。

「みんな、着替えたね。今からジョリーシアターに向かいます」

ちらりと早乙女先輩を見る。なんだったんだ今の話、というように肩をすくめていた。

＊

ジョリーシアターに到着すると、愛ちゃんはすぐに、事務的な打ち合わせのために実行委員の先生方に呼ばれていった。五分もしないうちに、美咲たちは舞台に呼ばれ、リハーサルとなった。

……これが、惨憺《さんたん》たるものになってしまった。

大道具ありきでリハーサルのリハーサルをしてきたため、それを運ぶ予定だった男子たちが手をもてあまし、舞台感覚をつかもうとそれぞれの動きを勝手に始めてしまったのだ。バミリテープを貼《は》るのは大道具担当のりかぽんだったが、男子たちが邪魔で、メジャーを片手にうろうろしているだけ。まい先輩は、一応男子たちに注意はするものの、もう自分たちが出しゃばる幕ではないと言わんばかりに客席に座ったまま（リハーサルのリハーサルでもそうだった）。頼りになるトミーとジュリア、それにみど先輩は音響・照明のオペレーションルームの中だ（こっちはきっと、うまくやってくれているに違いない）。

極めつけは早乙女先輩だった。実際の舞台をあらためて見て演出プランを変えたくなったらしく、先を進めようとする美咲を「ちょっと待て」と止めては、舞台から降りて客席を後ろまで走って全体を眺めまた戻ってきて男子に指示を出すという、リハーサルのリハーサルにない行為を繰り返している。……とにかく、すっかり調子が狂ってしまっていた。

「ブタカンさん」

困っていたら、頭に黒いバンダナを巻いた、三十歳くらいの痩せた男の人が話しかけてきた。劇場の大道具の人だ。

「この、『みょうがだいごしん』っていうのは、どこに置くの？」

その手には、駒川台高校の演目である『白柚子《しらゆず》姫と五人の忍者』の台本のコピーがある。劇場の人に舞台の設置を手伝ってもらうために、台本はあらかじめ送付してあるのだ。

「えっと」

美咲は怖気《おじけ》付きながら受け答える。

「それは、『茗荷大御神《みようがおおみかみ》』って読むんです」

「あぁ？」

大道具の彼は怒気を含んだ声を上げ、眉《まゆ》をしかめた。

「ちゃんと読み仮名ふっといてくれないとさあ」

「す、すみません……」

美咲は謝り、丸めた台本で舞台の中央あたりを指した。

「あの、こ、ここらへんです」

「らへん、ってどこよ。らへんって。ちゃんと事前に位置を決めておいてもらわないと」

「すみません……」

本当は位置はしっかり決まっている。だけど、急に大人の人に言われるとわからなくなってしまう。

「おい、お前っ！」

そのとき、舞台上手《かみて》のほうで怒鳴り声がした。大柄の、チェックシャツを着た大人の人だ。怒鳴りつけられていたのは、兵藤くんだった。

「今、なんて言ったっ！」

その剣幕に、駒川台高校演劇部の全員が縮み上がった。

聞くと、兵藤くんは自分の立ち位置を舞台端《ぶたいばな》から大股《おおまた》三歩と認識していた。しかし今、そこに立ってみると、客席との距離感はぴったりだが、舞台上からのサスペンションライトの光が微妙にずれているように感じたのだという。だから傍らにいたスタッフに「あのサス、ちょっと動かしてもらっていいですか？」と言ったのだった。

「お前一人のわがままで、照明を動かせるかっ！」

つばを撒《ま》き散らすようにしながら、太った大人の人は兵藤くんにすごむ。

「舞台を使わせてもらっているという意識を忘れるんじゃない！」

この人は下条《しもじょう》先生といい、高校演劇界では名の知れた先生なのだそうだ。自らの勤務する高校はもちろんのこと、高校演劇のイベントには必ず顔を出し、他校の生徒でも遠慮なく厳しく指導する。駒川台高校は久し振りの地区大会出場なので、リハーサルの勝手がわからないのではないかと、心配して見ていたようだ。

演劇部というのは、数ある高校の部活の中でも、その道のプロと関わる機会がもっとも多い。ゆえに、どんな運動部よりも真剣な世界を垣間見《かいまみ》ることがある。プロの厳しさを教えてもらっているのだということを忘れてはいけない。下条先生はそう言った。

……たしかにありがたい話だし、なるほどと思えるのだけれど、リハーサルの途中でお説教を始めて欲しくはなかった。結局、リハーサルの最後の十分間はこの先生の話を聞くだけに終わってしまった。

3.

それから十日あまりが経《た》ち、十月十五日になった。

「はああ……気が重い」

美咲は十月四日の惨憺たるリハーサルの次の日から、一日おきくらいに病院のナナコを訪ねていた。

薬の副作用でげっそり痩せてしまい、元気だった頃と同じようにしゃべったりはできないけれど、それでも彼女は演劇部員だ。それに、美咲のいろいろな愚痴を聞いてくれるし、病床にいながらにして美咲の身に降りかかる事件を解決してくれたりもする。

「明日、大丈夫かなあ……」

地区大会の本番は二週連続の土日の計四日間。十月十日の土曜日から始まり、翌十一日の日曜日のプログラムまでが終了している。十八日に上演を行う学校の中で、大道具を使う高校は、この一週間のうち、平日の午後の授業を休んで搬入し、上演日ごとに決められた部屋に置いておくことになっていた。十八日に該当する高校は駒川台高校の他には、都立露沢高校と私立明玉学園高校の二校だ（他の学校は大道具を使わない演目らしい）。明玉学園高校は十四日にすでに搬入を済ませ、露沢高校は今日十五日に搬入をしているらしい。駒川台高校も早めに済ませたかったところ、公欠の申請にいろいろ手間取り、明日十六日まで搬入日が延びてしまったのだ。

ちなみに、このあいだできなかった実際の大道具を用いたリハーサルも、三十分とはいかないまでも、十六日に三校まとめて少しの時間やらせてもらえることになった。

「うまくいくかなあ……」

「だいじょうぶ」

ナナコがゆっくりした口調で言う。

「でも……」

美咲の頭の中にあるのは、先日兵藤くんを怒鳴りつけた下條先生のこと。それに、水田コジローさんという一度聞いたら忘れない名前の三年生だ。

このあいだのリハーサルのあと、美咲は意気消沈したまま客席に座り、数人のキャストとともに次の高校のリハーサルを見ていた。それが露沢高校だった。この学校はなんと、部員は三年生と二年生が一人ずつの二人しかいない。舞台に立っているのは三年生の水田コジローさんだ。

露沢高校も大道具をいくつか使う。水田さんはてきぱきと指示を出し、劇場のスタッフさんとのコミュニケーションも上手《うま》くとり、しっかりとリハーサルをこなしていた。統率の取れていない自分との力量の差をまざまざと見せつけられ、美咲はさらに落ち込んだ。

挙げ句の果て、すぐ後ろに座っていた荻原先輩が、「うちのって、大道具がやたら多すぎるんじゃねえの？」と言い出した。薄々感じていたことだけど、一生懸命書き割りを作ったりかぽんとジュリアには聞かせられない。舞台上の水田さんがちらりとこちらを見て、すぐに舞台の指示にもどった――。

「やっぱり、うちの学校、大道具が多すぎるんじゃや……」

美咲はナナコに向かってぼやく。

「おおすぎるくらいが……」

ごほっ、ごほっ。ナナコは咳《せ》き込んだ。

「無理しないで」

美咲は枕元《まくらもと》のボックスティッシュを何枚か引き抜き、ナナコの口を拭いた。

「みさき」

「何？」

「ほかにも、もやもや」

他にも気持ちがモヤモヤしている理由があるんじゃないの、ということだ。美咲は思い当たることがあったが、しらばっくれた。

「なんのこと？」

「にしきのくん」

やっぱり。

錦野くんは、男子キャストの一人である一年生。実は美咲は、夏休みに彼に告白されている。そのまま返事を曖昧《あいまい》にしていたのだが、十月四日のリハーサルの翌日、とんでもない情報をりかぽんが摑《つか》んできた。

錦野くんが同じクラスの女子とつき合い始めたというのだ。

高校一年生にもなれば、彼女を作ってもおかしくない。美咲が返事を延ばしているうちに心変わりをしてしまったのもしょうがない。美咲に報告する義務もまったくない。だけど……なんかしっくりこない。

錦野くん、私のこと好きって言ったじゃん。

いや、たしかに、私は返事をしなかったんだけどさ。なんだか、こっちが振られた気分だ。

……というモヤモヤが心のどこかにずっとある。

「みさき」

ナナコは元気がないながらニヤついた表情だった。

「にしのせんぱいがいるじゃん」

うー……これまた心を揺すぶる名前だ。西野先輩は男子キャストの三年生。イケメンで、リーダーシップもあるし、演技もうまい。はっきり言って美咲の好み。それに、一か月ほど前には公園で一晩をともに明かした。

――……わいいな、お前
――……きかな、って思うよ、お前のこと
――つきあってみないか……

だけど地区大会の練習がはじまってからはそういうアプローチめいたこともまったくなし。一体あれはなんだったの、という、こっちもモヤモヤだ。

「いいなあ」

ナナコはつぶやいた。

「いいことないよ。まあでも、日曜の本番までは、演劇に集中、集中」

笑顔を作った。するとナナコの目は、いつになく真剣になっていた。

「みさき」

「なに？」

「……ぷれぜんとだよ」

心をぎゅっと摑《つか》まれたような感覚になる。

――これから体験する悩みとか全部、私からの『プレゼント』だと思ってよ。

美咲にブタカンを押し付けて入院した当初、この自分勝手な友人はそんなことを言ったのだ。今まで、美咲はたくさんのトラブルと悩みに苛《さいな》まれた。だけどどれも大事な思い出となっている。

こんなツギハギだらけの青春も、三日後の本番で一区切り。次の都大会に進むことができなければ、三年生たちとともに作る舞台は、本当に最後になる。

わかりきっていたはずなのに、今まで目を背けてきたのだろうか……。

「ナナコ、私、頑張るよ」

思いを込めて言うと、ナナコは優しく笑ってくれた。

「面会時間、そろそろ終了になります」

いつもの看護師さんが入ってきた。美咲は立ち上がり、カバンを肩にかける。

「じゃあね、ナナコ」

「うん。かぜにきを……」

ごほっ、ごほっ、と咳き込むナナコ。風邪に気をつけてって、病人に心配されてしまった。

病院の自動ドアを抜けて外に出る。十月半ばの風は冷たく、もう夏は完全にどこかへ行ってしまっていた。

4.

翌日、十月十六日。——思うようにはいかないものだ。

美咲は朝から頭が痛くてしょうがなかった。鼻水も出るし、熱もある。午前中の授業を聞いているうち、ふわふわした気分はどんどんひどくなっていった。

「何をぼーっとしているんだ、美咲くん」

午前中の授業が終わり、演劇部は校門に集合。倉庫から大道具を運んでくるのは、りかぽんの指示のもと、男子キャストたちが引き受けてくれている。校門の柱に寄りかかっていたら、早乙女先輩に注意されてしまった。

「いやちょっと、風邪気味で」

「風邪気味だと？　これから大道具を搬入して、あさっては本番だぞ」

「わかってますよ」

「たるんでるんじゃないのか」

「はいはい」

なんだか面倒くさくなって、適当な受け答えをしてしまった。怒り出すかと思いきや、

「調子が悪いんだったら、無理しちゃだめだよ」

愛ちゃんが心配そうに言ったので、早乙女先輩はバツが悪そうにふんと鼻を鳴らしただけだった。

そうこうしているうちに大道具が運ばれてきて、りかぽんのお父さんのトラックが到着。一同はトラックに大道具を詰め込むと、駅へと向かった。

ジョリーシアターに到着して、大道具を搬入後、舞台設置練習がはじまった。

全身に寒気を感じながらも、美咲は指示を出していく。そしてやっぱりまた、トラブルが起こった。

辻本《つじもと》くんと錦野くんが二人で、石垣の描かれた書き割りを舞台袖《そで》へ引っ込めるときのことだ。書き割りを立てかける「人形」と呼ばれる装置があるのだけれど、自ら持ち上げた大道具の人形に辻本くんが足を引っ掛け、釘《くぎ》が外れてしまったのだった。

どたーんと派手な音を立てて倒れる書き割り。

「わ、大変だ！」

りかぽんが駆け寄り、すぐにガチ袋（腰にぶら下げている道具袋）の中からナグリ（金槌《かなづち》）を取り出し、その場で釘を叩きつけて修理を始めたのだった。

「おい、こらっ!」

運悪く（とは言っても、あれだけ大きな音がしていたらバレるのは当たり前だけど）、下條先生がそれを見ていた。

「舞台上で大道具の修理をするなんて、何を考えているんだ!」

縮み上がる一同。

結局、裏の駐車場でなら修理していいということになったので、男子数人とりかぽんは連れ立ってそちらのほうへ。残りの男子たちは美咲やジュリアとともに、その他の大道具を、十八日上演の学校がまとめて大道具を置いておく部屋へ運んできた。時刻は五時を少し回るところだった。

「うわっ」

部屋に書き割りを運んでくるとき、りかぽんが何かを蹴飛《けと》ばした。小さなサイズのゴミ箱で、丸められた紙屑《かみくず》が散乱する。すでに部屋の中にいた他校の生徒がこちらをちらりと見た。

この部屋には駒川台高校と他二校の大道具が一時的に置かれる。駒川台高校の置き場所は、出入り口からもっとも遠い、奥の壁のあたりに指定されていた。

「俺が運んどくから、りかぽんはゴミを」

兵藤くんがそう言ってりかぽんと場所を代わる。りかぽんは自分が蹴散らしたゴミをバツが悪そうに拾い始めた。

美咲は部屋の中を見回した。

部屋の中央あたりにある大道具は、都立露沢高校のもの。大きな階段状の台と、サボテンの書き割りと窓付きのドア。サボテンは人形にそのまま平面のサボテンをとりつけただけのもので、ドアがリアルなのに妙に安っぽく見えた。たった二人の演劇部だけあり、大道具の用意は大変なのかもしれない。

出入り口に一番近いあたりに置いてあるのは、私立明玉学園高校の大道具。長机が二台、パイプ椅子が四つほどに、スチールの棚。あとは、ティッシュやお菓子、日用品のダンボール箱が積んである。アルバイト経験のある美咲はすぐにピンときた。これは、コンビニのバックヤードだ。ここを舞台に、どんなストーリーを展開させるのだろうと、興味を惹《ひ》かれた。

それにしても寒気が止まらない。ポケットからティッシュを出し、鼻をかむ。

「池谷さん」

照明・音響の最終確認を終えて合流してきたトミーが、美咲の顔を覗《のぞ》き込んでいた。

「顔色がだいぶ悪いようですが、大丈夫ですか？」

「あー、うん……大丈夫」

「いや、ちょっと休んでいたほうがいいって」

声をかけてくれたのは、西野先輩だった。その顔を見つめ、美咲は頬が熱くなるのを感じた。先輩、やっぱり私のこと、気にかけてくれていたんですか……？

「全員聞いてくださーい！」

ドアを開け、どこかの高校の先生が大声を張り上げた。

「これから、明後日《あさって》の上演についての最終的な諸注意があるので、全員客席に移動となりまーす」

「はい」

一同は声を揃《そろ》えた。美咲も立ち上がろうとするが、ふらりと倒れてしまった。

「いいから池谷、お前、ここで休んどけ」

西野先輩が重ねて言う。

「でも、私、ブタカンだし」

「大丈夫大丈夫」「私たちがちゃんと聞いてきてあげますからね」「その書き割りの陰に隠れて横になってれば」「ここなら誰にも見つからないから」

演劇部の全員が美咲を気遣った。……嬉《うれ》しくなる。美咲は言われたとおり、書き割りの奥の壁際《かべぎわ》に敷かれたダンボールの上に横たわり、カバンを枕に、制服のブレザーを掛け布団《ぶとん》にして仰向《あおむ》けに寝転がった。他の高校の面々が話しながら部屋を出ていくのが聞こえる。

「明日までにちゃんと治しておけ」

ただひとり、冷たく言い放つのは早乙女先輩。わかってますよ。

そんなこんなで、美咲一人を残し、駒川台高校演劇部は舞台客席へと移動していった。

頭が痛い。でも、病は気からと言うし、ここで奮起して治さなければ。……また、みんなに迷惑をかけてしまうなと思った。風邪をひいたときは汗をいっぱいかくと治ると聞いたことがある。この部屋は暖房が効いていて暖かいけれど……あまり暖かいと、余計に頭がぼーっとして……。

＊

ふっと目を覚ますと、りかぽんの手で直されたばかりの人形が目の前にあった。そうだ。ここはジョリーシアターの大道具保管場所だ。

腕時計を見る。五時半。二十分も時間が経っていた。……眠ってしまったらしい。

話し声がする。何人かはもう、客席のほうから戻ってきているようだ。

「信じられない！　なんで、なんでこんなことに⁉」

金切り声が聞こえる。何やら尋常ならざることが起こっているようだった。とにかく起きなければ。

眠る前に較《くら》べると、頭の痛みは少しおさまっていた。体を起こしつつ、書き割りの裏から這《は》い出る。

ドアから入ってきていたのは、緑色のジャージを着た六人の生徒たち。私立明玉学園高校のメンバーたちだ。

「どうか、したんですか？」

美咲は立ち上がり、声をかけた。六人は一斉に美咲の方を見て目を丸くした。美咲が寝ていたとは気付かなかったらしい。

「何か？」

すると、髪の毛がカールした女子生徒が居丈高な態度でこちらへ向かってきた。

「あなた、駒川台高校の舞台監督よね」

「そうですけど」

「いったい、どういうつもり！」

顔を近づけてくる。胸ぐらをつかもうという勢いだ。

「ちょっとちょっと、どうしたんです？」

サボテンの書き割りの後ろから出てきた、長身の学ラン姿の男の人が止めてくれた。露沢高校の水田さんだ。彼も戻っていたらしい。

「この人が、うちの大道具にひどいことを！」

「ひどいこと？」

背後の緑ジャージの男子生徒が、積まれたティッシュダンボールの一部を指さした。

「これは……」

そこに、べっとりと赤いものが付着していたのだ。

「なんだなんだ」「どうしたどうした」

ここでようやく、駒川台高校の男子キャストたちがわらわらと入ってきた。

「池谷、お前、寝てなきゃだめだろう」

と近づいてくる西野先輩の前に、ずいと水田さんが立ちふさがる。自分より高い水田さんの顔を、西野先輩は正面から見上げる形になった。

水田さんはしばらく西野先輩の顔を見下ろしていたが、

「彼女がとんでもないことをしたと、疑われています」

芝居がかった口調で言った。

「とんでもないこと？」

「ほら、明玉学園高校の大道具に、赤いものをつけたのではないかと」

三校の生徒たちが同時にざわめく。

明玉学園高校の緑ジャージ軍団は、完全に美咲に対して疑いの目を向けている。

そんな、そんな、私じゃない。私はただ寝ていただけ……と声高に主張できる雰囲気ではなかった。

かくして美咲は、本番まであと二日というときになって、他校の大道具にイタズラをしたという容疑で、裁判にかけられることになったのだった。

5.

「たしかに、状況としては池谷さんがもっとも怪しく見えますね」

水田さんは腕を組みながら言った。何も利害がない私が仲裁をしましょう、と言い出して、裁判長役を引き受けてくれることになったのだ。しかしこの自信満々の立ち居振る舞い、裁判長というより名探偵を気取っているように見える。

「怪しく見える、じゃなくて、明らかに犯人でしょうよ! ずっとこの部屋にいたの、この子しかいないじゃない!」

原告の明玉学園高校・榊原さんは両手を大げさに開いて訴える。

「さっき、崎本《さきもと》先生に呼ばれてこの部屋を出るときにはたしかに、何の異変もなかったんだから」

榊原さんはびしっと人差し指を件《くだん》のダンボールに向ける。

「それは間違いないのですね？」

水田さんが訊くと、緑ジャージの六人はうなずいた。

「あのあと全員が、客席のほうへと移動しました。椅子に座り、下條先生のお説教混じりの説明が十五分ばかり続いたでしょうか」

「十八分です」

露沢高校のもう一人の部員である二年生の男子が口をはさんだ。

「本当か、浦添《うらぞえ》」

「はい。早く終わらないかなと、僕、時計を見ながら聞いてたんで」

「その十八分のあいだ、この部屋に入ってくることができた人はいない」

その場の一同は考え込む。

「先生方も劇場の人もみんな、あそこにいたわ」

口を開いたのはやっぱり榊原さんだった。

「はっきり言い切れるの？」

ジュリアがすごむ。なんだか激しいやりとりに、再び美咲の体に汗が浮かぶ。

「はっきりは言い切れないけど」

「じゃあはっきり言わないで」

「でも、先生方や劇場の人が、こんなことするはずないじゃない！」

榊原さんはついに怒声を上げ、床を踏み鳴らした。美咲は体がびくっとした。

「あの、もう一人、いることは、います」

手を挙げたのは、緑ジャージの背の低い男子だった。

「大出《おおで》くん。誰だって言うの？」

榊原さんが訊いた。

「はい。水田さんです」

全員の目が、今度は水田さんに向けられる。

「そういえばたしかに、客席からここへ戻ってくるとき、水田くんは私たちより数メートル先を早足で歩いていたわね。後輩の浦添くんはたしか、私たちのあとを歩いていたはずだけど」

「ああ……」

水田さんはバツが悪そうにうなずいた。

「実は財布をここに置き忘れていたことを、下條先生の話の途中から思い出したものだから、心配になって誰よりも早く戻りたかったんですよ。でも、私が入ってからすぐに、みなさんも入ってきましたよね」

「えーと」

榊原さんは何を思ってか、ドアを開けて廊下へ出ていく。遠ざかる榊原さんを、部屋から首を出して一同は眺めた。

榊原さんはしばらく廊下を歩いて振り返った。

「水田くんが部屋に入ったとき、私たち、ここらへんだったかな」

「ええ、そう思います」

後輩の大出くんが答えた。

「じゃあ、今から歩くから」

全員の見ている前で、普通の速度で歩いてくる榊原さん。かかった時間は七秒だった。

「七秒で、ケチャップを出してあそこにつけ、拭き取ってなに食わぬ顔をするというのは、ちょっと不可能に近いようね」

榊原さんは部屋の中に戻ってドアを閉めると、そう言ってうなずいた。

「ええ、そのようですね」

水田さんも薄笑いを浮かべて応じる。そして二人は同時に、美咲の顔を見た。

「と、いうことです」

やっぱり美咲が犯人だ、ということだ。ダンボールの状況を見る限り、たしかに七秒で犯行は不可能だ。でも……。

「あんた何よ！」

今度は水田さんに攻撃的な口調が向けられた。久しぶりに見た。花柄スカーフをなびかせながら、みど先輩が顔を真っ赤にしているのだ。

「裁判長を引き受けるだなんていって、結局美咲ちゃんを疑っているじゃない！」

「そう！　決めつけてる！」

ジュリアも加勢した。この二人がついているとなると心強い。水田・榊原の二人はその勢いに押され、一歩退いた。

「早乙女、あんたも何か言ってやりな。演出でしょ」

キャスト男子の群れの背後から、まい先輩が早乙女先輩の背中を押し、水田さんの前に出す。

ところが早乙女先輩はくるりと向きを変え、美咲の顔を指さした。

「しかし状況証拠はすべて、美咲くんの犯行を物語っている」

早乙女先輩はそのまま残念そうに首を振る。

「美咲くん。白状するなら今のうちだ」

「……マジで？」

思わず言ってしまった。先輩、私を疑ってるの？

「おい早乙女、どっちの味方なんだ！」

「俺は常に演劇の味方だ。大道具を傷つけて貶《おとし》めようとするやつは許さん」

うん、早乙女先輩らしいセリフ。だけど今は全然響かない。駒川台高校内部からの裏切りとも取れるそのふるまいに、明玉学園高校の榊原さんも「あ……」としばし言葉を失っていたが、「ありがとう」と場違いにも、お礼を言った。

「私はやってません！」

美咲は被告席から立ち上がる。風邪は完全に吹っ飛んだ。

「だいたい私は、ケチャップなんて持ち歩いていません」

「コンビニでアメリカンドッグか何か、買ったんじゃないのか」

「買ってません」

「しかし、君の無実を証明できる物証がなければ……」

「お、これは」

とそのとき、部屋のどこかでりかぽんの声がした。彼女は大道具のダンボールが積まれた裏に屈《かが》んで何かを拾い上げていた。茶色い箱だった。

「これは、明玉学園さんのものですか？」

中の物をつまんで尋ねている。釘だった。

「ああ、そうだよ」

緑ジャージの中の一人が答える。

「二寸ですね」

演劇の大道具で使われる釘は25㎜、38㎜、50㎜、65㎜の四種類だ。二寸というのはこの中でもっとも長い65㎜で、主に垂木《たるき》と呼ばれる太目の木材同士を接合するのに使われる。人形などがそのいい例だ。

「一応、持ってきていたんだ」

「いつからここに置いてあります？」

「それは、うちのリハが終わってから、ずっと」

りかぽんはうなずきながら、彼の前に歩いてきた。なんだかいつもと雰囲気が違う。

みんな名探偵気取り？

「ということは美咲先輩がこの部屋に一人きりのときも、ですね？」

「うん」

「もし美咲先輩が犯人なのだとしたら」

りかぽんは釘の箱を彼の鼻先へと突きつける。

「どうしてこの釘を使わなかったのでしょう？」

「え？」

「だってケチャップなんかより、釘のほうがダメージが大きいでしょう？」

おお、と、黙っていたまい先輩が声をあげる。

「これは、美咲先輩が犯人ではないという証……」

「残念だが添田《そえだ》くん」

早乙女先輩が遮った。

「それは証拠にならない」

「えぇぇぇ？」

名探偵、崩壊。いつものりかぽんに戻ってしまった。

「たしかに釘のほうがダメージが大きいが、そこまでしたくなかったのかもしれない。釘でダンボールに穴を開けてしまうまでの悪いことは気が進まないが、他校の大道具にちょいとケチャップを、くらいには考えるかもしれない」

「考えませんよっ！」

もう、なんなの早乙女先輩は。

「お、ま、え、は、どっちの味方なんだ！」

みど先輩が襲い掛かり、早乙女先輩の首を絞め始める。

「ぐえ、俺は演劇の……」

「うるさいうるさいうるさい！」

まあまあ、と水田さんがなだめて、事態を収束させようとする。

「池谷さん」

不意に、美咲を呼ぶ声がした。ドア近くに立っていたトミーだった。その足元にはゴミ箱がある。

「片手でキャッチしてください」

美咲が準備する暇を与えず、何かを投げてよこす。とっさにそれを右手だけでキャッチした。コピー用紙を丸めたゴミだった。

「何、いったい？」

榊原さんが不審な目をトミーに向ける。

「今のではっきりしました。池谷さんは犯人ではありません」

彼女は毅然と言い放ち、ゴミ箱の中から何かを拾い上げた。

「これを、見つけました」

それは、コンビニでよく配っている、ケチャップの小袋だった。

6.

「さっきは、そんなもの、なかったですよ」

りかぽんだ。そういえばさっき、書き割りをこの部屋に運び入れたとき、りかぽんがゴミ箱を蹴飛ばし、中身を拾い集めていた。あのときに出てきたのは、紙屑だけだったはずだ。

トミーは満足げにうなずき、ゴミ箱の中身がみんなに見えるようにした。紙ゴミがいくつか。

「このケチャップの袋以外は、先ほどと同じものです。ということは、これは駒川台高校の書き割りがこの部屋に運び入れられたあとにここに捨てられたことになる。犯行に使われたケチャップである可能性が非常に高いわけです。いいですね？」

一同を見回すトミー。水田さんも榊原さんも無言でうなずいた。トミーはゴミ箱を下ろした。

「次に、このケチャップの袋の切り口をよく観察します。すると、極めて興味深いことがわかります。左側が向こう、右側がこっちによじれているのです」

よじれ方？　トミー、そんなところに注目してるの？

「これは左利《き》きの人間のよじり方なのですよ」

ええ……と誰もがざわめき、両手でケチャップの袋を開けるのをシミュレーションしているようだった。そして、トミーの言っていることを認めた。

「さて、私が先ほど紙屑を投げたとき、池谷さんはとっさに、右手でキャッチしました。ということは？」

「おおっ！」

キャストの中から、西野先輩がまず声を上げた。

「池谷は右利きということだ！」

「ってことは、池谷は犯人ではない！」

「本当だ」「すげえぞ、トミー」「リケジョの星！」

すぐに乗っかって騒ぎ出すのは、駒川台高校男子キャストたちの得意技だ。これで、有無を言わさない雰囲気に持っていける。

「た、たしかに認めなきゃいけないかもね」

榊原さんもそれだけ言ってむすっとしてしまった。美咲の疑いは晴れたようだ。

「トミー……」

目頭が熱くなりそうになる。やっぱり、持つべきものは優秀なスタッフだ。それが、本番を二日後に控えた今、こんな形で身にしみるなんて。

「しかしそうなると」

早乙女先輩が顎《あご》に手を置いている。もう黙っててくれないかな。

「いったいこれは誰のしわざなんだ」

「そうよ、誰のしわざなの？」

なんだかもう、早乙女先輩と榊原さんがペアの検察官のようになっている。

「出てこい、犯人！」

「今なら、あまり責めないわ！」

二人とも芝居がかっていて、妙に発声がいい。初対面の相手とここまで息を合わせることができるのは、日頃のエチュードの成果、そして演劇力であると思う。……みど先輩もまい先輩もジュリアも、もう呆《あき》れて口を挟まない。

しばらく、沈黙した。

「ひょっとしてですが」

静けさを破ったのは、露沢高校、水田さんだった。

「怒らないでくださいね」

水田さんは、榊原さんに向かって言う。

「怒らないわ」

「あなたたちの、自作自演ということはないですか？」

「何ですって！」

榊原さんは、怒った。そりゃ、怒るって。

「しかし、犯行が可能なのはもうあなたたちしかいないじゃないですか。この部屋に戻ってきてから騒ぎ始めるまで、数十秒くらいあったと記憶していますが。ケチャップで汚すには充分な時間です」

「なんで。なんで私たちが自分たちの大道具を汚さなけりゃならないの！」

「ライバル校を陥《おとしい》れるためよ」

ここぞとばかりに一歩前に出るジュリア。

「何よっ！」

榊原さんはジュリアにつかみかかる。それと同時に、止めようとする各校の部員たちが入り乱れて、乱闘状態になった。

美咲は一人椅子に座ったまま、何もできずにオロオロ。ふと水田さんを見ると、自分たちのサボテンの書き割りが乱闘の被害に合わないように避けようとしているところだ。美咲はとっさに立ち上がり、もう片方の端を持つ。

「あ、ありがとうございます」

「いえ」

二人で、乱闘から遠い壁際にサボテンを移動させた。運ぶ途中に、あれ、と違和感を覚える。ベニヤかと思ったその平面サボテンは、ダンボールを何枚も重ねて補強したものだった。その表にマジックか何かで色を塗って、ビニールで表だけカバーしているのだ。

「これ、ダンボールなんですか？」

裏に回って見てみる。ポテトチップのダンボール箱を切り開いたものだった。だいぶ古いものを利用したのだろうか、表面が一部はがれていた。

「ああ、本当はベニヤを使いたかったんですが、うちの学校ケチで、部費がちょっとしか出なくて。部員も二人で、しかも浦添は私が無理やり手伝わせているようなものだから、実質一人。自腹を切ろうにも限界があるんですよ」

「そうなんですか。大変ですね」

「いやでも、貧乏には貧乏なりの楽しみ方があるっていうか。まあ、ちゃっちい大道具だけど、よかったらあさって、見てください」

苦笑いをする水田さん。さっきまでは美咲を疑うような言動もあったけれど、本当はいい人に違いない……。

そのときだ。

「お前らっ！」

一喝が入り、騒ぎは一転、深海のような静けさになった。

「何をやってるんだ！」

恐怖の権化《ごんげ》、下條先生だ。この人の怒号は演劇じこみの響きがある。加えて、がっちりとした体、薄暗がりならカタギには見えない顔……。こんな威圧感の前に、高校演劇児たちはあまりにも無力だ。

「劇場は危険が多いと言っただろ。こんなところで喧嘩《けんか》して、死にたいのか！」

過激な発言も厭《いと》わない。こういう大人は正直苦手だけれど、でも、劇場での行動は常に死と隣り合わせというのは、決して大げさなことではないのだそうだ。

「先生方」

下條先生は廊下を振り返る。打ち合わせをしていた各校の顧問たちが、バツが悪そうに部屋へ入ってきた。愛ちゃんなど、もう泣きそうな顔をしている。

「さっさとそれぞれの部員を連れて、今日は帰ってください」

ぶっきらぼうに言うと、下條先生は再び、廊下へ出て行った。

7.

ノートパソコンの画面は四分割されている。深夜十二時半。恒例の『オンラインスタッフ会議』だ。

〈今日のトミー先輩の、すごかったですよねえ〉

りかぽんは夜中であるにもかかわらず、はしゃいでいた。

「トミー、ありがとね」

美咲が言うと、トミーは黒縁メガネをずりあげて少しだけ微笑《ほほえ》んだ。

〈それにしてもさ〉

今度はジュリアだった。

〈あの榊原って女、本当にムカつく〉

……下条先生に怒鳴られて強制的に解散になったあと、一同は駅へと徒歩で向かった。当然他の二校も電車を利用してここまで来ているので、使う道は一緒だ。

緑ジャージ軍団の筆頭、榊原さんは不意に美咲に近づいてきたかと思うと、「本当の犯人が見つかるまでは、私たち、あなたのこと、許さないから」と言い放ち、他の五人とともに早歩きで駒川台高校の一群を追い抜いていったのだった。

〈でも、本当の犯人、誰なんでしょうねえ〉

りかぽんがお気に入りのナグリをくるくるさせながら呟《つぶや》く。

〈トミー先輩、わからないんですか〉

〈さあ。……池谷さんは、何も見ていないんですよね〉

「うん。ちょっと眠っちゃったから」

難問だ。あのダンボールにケチャップをなすりつけたのはいったい誰で、やり方はどうで、そもそもどうしてそんなことをやったのか。病床のナナコに相談したらたちどころに解決してくれたりするのだろうかと感じたけれど、それは今のところかなわない。今日はジョリーシアターから出た時点ですでに面会時間は終了していたし、明日は他校の上演を朝から夕方までみっちり見に行く。そしてあさってはいよいよ本番だ。

〈なーんか、このまま本番迎えるの、モヤモヤしますよねぇ〉

りかぽんだ。

「まあ、そんなことばっかり言っててもしょうがないよ」

美咲は場を取りなすように明るく振舞う。

「ジュリア、明日、パンフレット忘れないでよ」

〈わかってますって。確認するの、何回目ですか〉

地区大会に出場する各校は、上演プログラムについて簡単にあらすじや完成までの道のり、演劇部員たちの紹介などを含めたパンフレットを配ることになっている。費用はもちろん学校負担なので、カラーコピーなんかは使えず、色つきコピー用紙にモノクロ印刷だ。駒川台高校の『白柚子姫と五人の忍者』のパンフレットデザインは、ジュリアが担当した。なんといっても彼女は絵が上手いし、子役とは言えプロの舞台に立っていたこともあるので、宣伝の心得はある。早乙女先輩も全面的にジュリアのことを信頼しているほどで、モノクロでもけっこう目を引くパンフレットが完成したのだった。

パンフレットは本番前日に大会実行委員会に提出する決まりになっているので、明日持っていかなければならないのだった。

〈なんか美咲先輩、無理して明るくしてません？〉

「え、そんなことないけど」

〈ひょっとして、錦野のことですか？〉

「いや……」

と答えたけれど、ちょっとそれはある。

今日、榊原さんと緑ジャージ軍団が去ったあと、すぐさま美咲のもとに近づき、「俺たちは美咲先輩のこと、信じてますから」と言ったのが、錦野くんだったのだ。……彼女を作っておいてどういうつもり？　とまではいかないけれど、なんだかモヤモヤ継続中だ。

〈あいつ、いったいどういう神経してるんですかね〉

〈告白されたから付き合うとか、男子ってそんなもんですか〉

〈美咲先輩のことはもう終わったことにしてるとか。それか、美咲先輩のことを吹っ切るために彼女を作ったとか〉

〈えー、それ、彼女のほうがかわいそうじゃない？〉

ジュリアとりかぽんは勝手に話を進めている。

〈そもそもぉ、美咲先輩は好きな人、いるんですか？〉

「えー、いやー……そのー」

西野先輩のことが頭に浮かんだけれど、ジュリアの手前、それをいうわけにはいかない。

〈おっとー、早乙女、復活かー〉

「何よ復活って」

そもそも早乙女先輩が美咲に気持ちを向けているというのが、この二人の妄想だ。今日さんざん美咲のことを疑っていたのを見ていなかったのだろうか。というかもう、本番二日前の夜中にまでこんなことで盛り上がっているなんて。

〈地区大会終わったら、何かが動くかもしれないですねー〉

というジュリアの言葉が終わらないうち、その後ろから「おい、いつまで起きているんだ！」という声。そしてジュリアは勝手に通信を切った。画面が暗くなる。

時刻はいつの間にか深夜の二時。

〈もう、寝ますか〉

一人落ち着いているトミーがそう口にした。

8.

十月十七日、土曜日、午後四時すぎ。

美咲はロビーに設置されている長椅子に腰掛け、ふう、と息をつく。他校の演劇部のみんなも出てきて、顔には疲れが浮かんでいる。駒川台高校の連中も三々五々、休憩を取っている。あと一校。あと一校で、今日のプログラムは終わりだ。

一日に五校ぶんも演劇を見るのが、こんなに大変だとは思わなかった。

今日のプログラムは朝の十時にスタートした。一校目は、あの美人ブタカン三上《みかみ》さんのいる都立鳥が丘高校。演目は『伊豆犬島《いずいぬしま》殺人事件〜豪華客船一七時〇二分の目撃者』。二時間ドラマ好きの男が、テレビにのめりこむあまり、現実とドラマの境がわからなくなっていくというブラックコメディで、さすが早乙女先輩と話が合う三上さんが作り上げただけあり、二時間ドラマのお約束小ネタがふんだんにちりばめられており、最後まで楽しめた。

三十分の休憩をはさんで十一時半からは都立美空高校。演目は『真冬の西瓜《すいか》割り』。雪の積もる海の家に、夏を失った人々が集まり、震えながら夏の思い出を話しつつ「早く夏が来ないですかねえ」と繰り返す。やがて自分たちの手で夏を呼ばなければいけないことに気づき、西瓜割りをはじめるのだが、全員目隠しが取れなくなり、結局さまよい続けるというよくわからない最後だった。

昼食休憩を挟み、一時半からは都立高見丘高校の『あじさいメモリーズ』。雨の降る日、六人の女子高生が教室に集まり、UNOをして過ごすのだけれど、この学級には一年前に自殺した仲間がいるらしく、セリフの端々にその子のエピソードが出てくる。やがてその自殺した子がこの中にいると誰かが言い出すも、みな記憶があいまいで誰なのかがわからず……という、ちょっと怖くて切ない話だった。

三時からは私立国際矢神学院の『ケイコ、王手飛車取り』。ドジで見た目も悪いけれど将棋の腕は抜群というケイコが、思いを寄せる野球部の先輩の気を引くために最強のコンピューター将棋プログラムを打ち負かそうと奮戦するギャグコメディ。将棋の駒《こま》が成るたびに、舞台上の人物の性別がひっくり返るという設定が斬新《ざんしん》だった。

それにしても、高校演劇のパワーの凄《すさ》まじさ。各校とも青春を削ってきて一時間に凝縮するわけだから、明るい作品にしろ暗い作品にしろ、気迫が立ち込めている。

演劇を真剣に見るということはとても素晴らしいけれど、あと一校真剣に見るのには、糖分が必要だ。

美咲はコーヒー牛乳のプルタブを引き起こし、一口、飲んだ。

「よっ」

元気よく声をかけてきた女性がいた。赤いマフラー。長い髪。三上さんだった。

「あっ。こんにちは」

美咲は挨拶《あいさつ》をする。

「午前中の上演観《み》ましたよ。面白かったです」

「ホント？　駒川台、明日でしょ？」

「はい」

「私、観たかったんだけど、明日、一日中、実行委員会の手伝いでね」

各校の生徒は、実行委員会に頼まれて雑用の手伝いをすることがある。一、二年生がやることが多いのだけれど、審査員の先生方と交流できることがあるので、三上さんのように進んで手伝う三年生もいるのだった。

「そうなんですか」

「うん。実は今日、上演が終わってからもパンフレットを組むの、手伝ってきちゃった」

その手にはたしかに、パンフレットの束が握られていた。

「どう？　明日に向けて、意気込みは？」

「なんだかもうすでに、疲れちゃった感じです」

「何言ってんの。裏方の主役はブタカンだからね」

「はい……」

美咲は背中を丸めながらうなずいた。……明日が本番。これだけ他校の上演を鑑賞しても、まだその実感がわかない。明日は自分があの舞台裏で、大道具入りハケや、役者の動きのサポートをしているなんて。腸がダンスをはじめる。今から緊張してきた。

「三上くん」

早乙女先輩が近づいてきた。

「おお、早乙女くん。はい、これ」

三上さんは早乙女先輩にパンフレットの束を渡した。

「なんだ？」

「明日のパンフレット。ひと組パクってきちゃった」

「バレたら怒られるぞ」

「大丈夫だって。どうせ毎年余って捨てちゃうんだから」

早乙女先輩は笑って受け取ると、美咲の隣に腰掛け、ぱらぱらとめくった。同時に三上さんが立ち上がる。

「じゃあ私これからちょっと用事で、帰ります」

「五校目は見ないんですか？」

「うん、あとで後輩から様子を聞くことにする。明日、頑張ってね」

爽《さわ》やかに手を振ると、マフラーをなびかせながら、三上さんは劇場の外へ出て行った。

……サバサバしているというか、迷いがないというか……。ああいう性格は少し羨《うらや》ましいと思う。美人だし、きっと男の人にもモテるんだろうなあ、とも。

美咲はまたふと、寂しさのようなものを感じた。演劇部に所属して、出遅れ気味だった青春はそれなりに充実してきた。けれど、根本的に変えられない自分の性格というものはたしかにある。こういう虚《むな》しさ、言葉にするとしたら、なんというべきなんだろう――。

「置き去りアミーゴ」

早乙女先輩が言った。カチンときた。

「誰が置き去りアミーゴですか！」

早乙女先輩は、一枚の紙を見せてきた。びっくり箱から飛び出してきたみたいなポップなフォントで『置き去りアミーゴ』と書かれていた。派手で大きな帽子を被《かぶ》ったドラゴンみたいなものが、右手にマラカス、左手にタバスコを持ち、砂漠のど真ん中でぽつねんと佇《たたず》んでいる絵が描かれている。

「明日、俺たちのあとに上演される、露沢高校の演目だ」

「あ、そうなんですか」

タイトルか。……気まずい。コーヒー牛乳を一口飲んだ。

「しかし、見てみろ。まるで水田劇団だ」

キャスト・スタッフ欄のところだ。

キャストは「水田コジロー」ただ一人。それどころか、脚本・演出・舞台監督・大道具・小道具・衣装・メイクのところにも「水田コジロー」と書いてある。音響・照明が後輩の浦添涼也《りょうや》くんということだ。

それにしても、一人八役。

よかったら見に来てくださいと言ったあの水田さんの顔が頭に浮かぶ。あのサボテンもドアも、自分一人で作ったのだ。

「いったい、どういう話なんですか？」

「うーん。よくわからん」

パンフレットを差し出してくる早乙女先輩。美咲はコーヒー牛乳の缶を置いて、「あらすじ」の欄を見る。


ヘーイ。おいらは陽気なサラマンダー。

マラカス片手にご機嫌だぜぃ。

何にでもタバスコかけて食べちゃう激辛サラマンダー。

砂漠の中でもはじけるぜぃ。

砂漠の中で彷徨《さまよ》うサラマンダー。

じりじり照りつける太陽がまぶしいぜぃ。

……あれ。でも、誰もいない。

そもそもおいらに、友達なんていたっけか。

ん？　ありゃなんだ。

ドアだ。砂漠の真ん中にドアがある。その向こうから楽しげな笑い声が聞こえて……。

おーい。おいらも仲間に入れてくれ。おいらと友達になってくれよーう。

「よくわからん、ですね」

美咲は早乙女先輩のセリフを繰り返した。先輩は「うーん」とうなったあと、

「このドアは心のドア、つまり友人との間に心を閉ざしているという、そういう意味なのかも知れない」

「はあ、なるほど」

「内では陽気なつもりだが、外に対しては引っ込み思案になってしまう。結局悩みを誰にも打ち明けられないその状況を、砂漠という人のいない空間にたとえたのかもしれない」

……さすが早乙女先輩。読みが深い。

美咲はパンフレットの先を読んだ。「脚本家からのメッセージ」という欄だ。


誰にでも、トラウマというものはあるものです。それは人には言いにくいもの。言えずにずっとしまっておくべきもの。しかしあえて、それを作品に昇華してしまうこともできるのではないか。そんな思いに突き動かされ、パソコンの前に座り、無心にキーボードを叩いて作り上げたのがこの劇です。どうぞご覧ください。

最後になりましたが、演劇は私の高校生活に張りをくれたかけがえのないものでした。もし演劇に出会わなければ、私の青春時代は無味乾燥な灰色一色だったでしょう。

この大会に関わる皆さん、三年間どうも、ありがとうございました。

人にはいろいろ事情があるんだろう。この舞台、ちょっと見てみたい。

こん、と何かが美咲の脇《わき》に置かれた。早乙女先輩の手がコーヒー牛乳の缶を置いていた。

「まさか……」

何かに気づいたようにつぶやく。

「早乙女先輩、今、私のコーヒー牛乳、飲みました?」

「しかし、いつ……」

「飲みましたよね。もう、勝手に飲まないでくださいよ」

「あっ。あのゴミ!」

勢いよく立ち上がる早乙女先輩。美咲の言葉は届いていないようだった。

「なぜ気付かなかったんだ」

「どうしたんですか、早乙女先輩?」

「あっ、君」

先輩は完全に美咲を無視して、目の前を通りがかる学ランの男子を呼び止める。よく見ると相手は、露沢高校の浦添くんだった。

「なんですか?」

「君の学校、大道具の搬入は十五日にやったんだったよな？」

「ええ」

「その日は、搬入だけして帰ったのか？」

「いや。あの日はたしか――」

そう彼が言いかけたとき、

「本日最後の上演、北駒《きたこま》高校『ブルースは鳴り止《や》まない』、上演五分前です」

実行委員の女子が大声を張り上げた。

「観覧の方は、お入りくださーい」

「もう、いいですか？」

と立ち去ろうとする浦添くんを、早乙女先輩は無理やり引き止めた。

「頼む、大事なことだ。聞かせてくれ」

客席に向かう人の波。その中で早乙女先輩の顔だけが、いつになく、真剣だった。

9.

深夜一時過ぎ。

女子スタッフ四人は今夜も、それぞれの家のパソコンの前に集まり、女子会スタッフ会議をしている。

四分割された画面にはそれぞれの顔。だけど今日は、いつものようにぺちゃぺちゃ喋《しゃべ》る感じではない。それでいて、誰か回線を切ろうとするものもいない。

疲労感はたしかにある。だけど、それ以上に、このつながりが切れて明日が来てしまうのが怖い、ということがあるのだった。

〈北駒高校の、すごかったですね〉

沈黙を破ったのは、やっぱりりかぽんだった。

〈ええ。使用が制限された中で、大変優れた照明プランだったと思います〉

応じたのはトミー。スタッフ目線のコメントだ。

北駒高校の『ブルースは鳴り止まない』は、間違いなく、今日の五校の中で一番の出来だった。

主人公は二十三歳で無職という設定。あるとき酔っ払って街で喧嘩をしていると、それを止めてくれた男がいた。彼は高校時代にともにバンドを組んでいた四人のうちの一人だった。久しぶりの再会に盛り上がり、もう一度音楽活動をやりたいと言い出す主人公。だけど、バンド仲間のうちの一人は世界的に有名なピアニストになっていた。

〈『たけしー、死ぬ気で弾けよ』『ばーか、生き抜く気で弾くんだよ』っていうあのシー

ン、すっごくカッコよかったですよねー〉
「カッコよかったー。男同士の友情っていいよねー」

美咲も乗ってしまう。結局、女子というのは、バンド活動の関わる男同士の友情話に弱いのだ。

〈男同士の友情なら、うちの『白柚子姫～』だって負けてないじゃん〉

ジュリアが、不機嫌そうに割り込んだ。

〈うちのは男同士っていうより、兄弟愛とかがテーマというか……〉

りかぽんはナグリをいじりながら言い返した。

〈それよりも、なんか忍者って、子どもっぽいっていうか……〉

美咲が思っていたことを、ついにりかぽんは言ってしまった。

〈何？　早乙女先輩が子どもっぽいっていうの？〉

〈早乙女先輩は、子どもっぽいです〉

トミーが即座に返す。

〈ま、まあそうだけど……でも、うちにはうちの良さがあるでしょ〉

〈ひーん。ごめん〉

「ジュリア。りかぽんだってわかってるよ」

美咲はなだめた。こういう感じも久しぶりだ。

「私たちは私たちのやってきたこと、ちゃんとやるだけでしょ」

言って、寂しくなった。夏休みのこと、文化祭のこと、地区大会出場が決まって盛り上がったあの日のこと、リハーサルのトラブル……いろんなことが頭をよぎっていく。もし都大会出場とならなければ、『白柚子姫と五人の忍者』はもう二度と、どこで上演されることもないのだ。

四人ともわかっていたけれど、それを口に出そうとはしない。ただこの時間が惜しくて、回線越しにお互いの顔を見ているだけだ。

とそのとき、感傷をぶった切るかのように、美咲の携帯電話が震えだした。

――早乙女祐司《ゆうじ》。

〈どうしたんですか、美咲先輩？〉

「早乙女先輩から電話だ」

本番直前の深夜に、いったい何なのだろう？

〈とにかく、出てみたら〉

ジュリアにせっつかれ、美咲は通話ボタンを押した。

「もしもし？」

「美咲くん。起きていたか」

「はい。起きていました、けど、何ですか？」

「ひとつ気になったことがあってな――」

と、早乙女先輩は、美咲にひとつ、質問をした。美咲もそれに答える。

「やっぱりか」

「いったい、何なんですか？」

「美咲くん。明日、ジョリーシアターに八時に来れるか？」

「八時？　……まあいいですけど、なんですか？」

「君を陥れようとした犯人が、わかったんだよ」

10.

地区大会本番、十月十八日は朝から晴れだった。

今日の午後には、上演が開始され、一時間後には終わる。夕方には審査員の方々から各校の講評があり、東京都大会に推薦される学校と作品が決まる。

はあっと息を吐くとすぐに白くなった。朝はもう寒い。

今日、駒川台高校演劇部の集合時間は十時。だけど美咲は、早乙女先輩に言われたとおり、八時にジョリーシアターへやってきた。

「おはよう」

　ジョリーシアターの前では、早乙女先輩が待っていた。手には、畳まれた〈ソフトポポ〉のダンボール箱を持っている。なんだろうと思ったけれど訊かなかった。

「もう開いてるんですか？」

「ああ。午前中の二校はもう、控え室に入っているらしい」

　中を覗き込むと、実行委員と手伝いの生徒たちがのんびりと、壁に模造紙を貼る作業をしている。あの模造紙は各校に一枚ずつ割り当てられた「感想用紙」なのだ。観客は上演を観たあと、その感想を自由にこの模造紙に書いていくことができる。大抵は褒めていることが多いけれど、一昔前までは他校の上演に対してかなり辛辣《しんらつ》な批評を書く生徒もいたようだった。

「おはよう」

　聞き慣れた声がして振り返る。荻原先輩が走ってくるところだった。

「どうしたんですか、荻原先輩」

「俺が呼んだ」

　早乙女先輩が言うと、荻原先輩も意味ありげにうなずいた。

「いいか、今から、大道具置き場の部屋に行くぞ」

「入れますか？」

「俺たちは今日の上演校だぞ。堂々としていれば入れるだろう」

早乙女先輩のこの不思議な自信にあふれた言葉は当たっていた。裏口で出入管理をしていたのは二人のお手伝い生徒。そのうちの一人が、三上さんだったのだ。

「朝早くからご苦労だな」

「いやいや。高校演劇も今年で最後だから」

早乙女先輩と、気心のしれた感じで言葉を交わす。

「三上くん。頼みがあるんだが」

そう言って、早乙女先輩は三上さんにぶしつけな頼みごとをした。それでも三上さんは「オッケー」と快く引き受け、もう一人の管理係の子に仕事を頼むと、劇場の廊下を小走りに去っていった。

美咲と荻原先輩は早乙女先輩について、三上さんとは逆の方へ歩いていく。たどり着いたのは、大道具が置かれているあの部屋だった。ドアを開けて中に入ると、人は誰もおらず、今日の本番を待つ大道具たちだけが三人を迎えた。

一番奥には駒川台高校の書き割りやら茗荷大御神やら、りかぽんお手製の平台《ひらだい》がある。中央には、露沢高校のドアとサボテン。ドアに近い手前には、明玉学園高校のコンビニバックヤードセット。ちなみに、ケチャップ被害に遭った〈ソフトポポ〉の箱は、昨日のうちに新しいものに取り替えられていた。

そのまましばらく時が過ぎた。

「さみいな、暖房入ってないのかな」

荻原先輩が自分の両肩を抱くようにして、足踏みをしたそのとき、ドアが開いた。

「あれ？」

坊主頭に切れ長の目。本番にはまだ間があるので、学ラン姿のままだ。露沢高校の三年生、水田コジローさんだ。

「下條先生は？」

「もうすぐくると言っていた」

早乙女先輩は明らかに嘘をついた。さっき三上さんに頼んでいたのは、下條先生の名を騙《かた》って水田さんをこの部屋へ呼び出すことだったのだ。

「それより水田くん。ここへ」

偉そうな口調で命令されて、水田さんも素直に近づいてきた。

「いったい、何です？」

「ここに〈ソフトポポ〉の箱がある」

早乙女先輩は、持ってきたダンボール箱を見せた。

「水田くん、それから、美咲くんと荻原も、目をつぶってくれ」

言われるままに目をつぶる。そして数秒。

いた。

「開けていいぞ」

目を開けると、〈ソフトポポ〉のダンボールの波のラインの下に、猫の絵が描かれていた。

「可愛い。猫」

美咲が言うと、

「ライオンだ」

早乙女先輩は仏頂面《ぶっちょうづら》をして答えた。

「いや、そんなことより、どうやって、描いたんだ？」

荻原先輩が不思議そうに言う。そういえば、先輩はペンの類は持っていない。持っているのは一枚の紙……ダンボールの表面に使われるものだ。そしてその紙は、〈ソフトポポ〉の波のラインに綺麗《きれい》に沿うような形に切られていた。

「先に絵を描いておき、その上にこれを貼っておいたんだ。最近の両面テープは性能がよくてね。ダンボール程度なら跡が残らない」

そして早乙女先輩は美咲にダンボールを預けると、水田さんの顔を見る。

「水田くん。君は一昨日、客席での説教大会が終わった直後、早歩きで一番にこの部屋に戻ってきたそうじゃないか」

ふっと息を吐いて、水田さんは首を振る。

「その後、七秒で、明玉学園のみなさんが入ってきたことは、このあいだ明らかになったでしょう？」

あくまで、丁寧な口調。

「ダンボール箱の表面に重ねて貼ってあった紙をはがすだけなら、十分な時間だ」

「では犯人は、ケチャップをダンボールにつけたうえで、その上を紙で覆《おお》い、両面テープで留めるという面倒なことをあらかじめしておく必要がありますね？」

「ああ」

「私に、そんな時間が？」

早乙女先輩はその質問を受け流すように首をすくめ、「不思議だと思わないか」と美咲のほうに顔を向けた。

「竹富《たけとみ》くんがケチャップの袋を見つけたとき、ゴミ箱の中には紙屑しか入っていなかった。ケチャップを拭いたなら、そのティッシュはどうして捨てなかったんだ？」

そういえば。でも、それが何なのだろう？

「この事態から導き出される答えはただ一つ。あのとき見つかったケチャップの袋はあとから犯人が捨てたもので、ケチャップはそれよりずっと前から、つけられていたんだ」

「いつです？」

「三日前の十五日、露沢高校が大道具を搬入した日だ」

「えっ？」

美咲は思わず声を出した。つまり、美咲が裁判にかけられた前日だ。水田さんの顔が曇る。

「昨日、君の後輩の浦添くんに聞いたよ。三日前の搬入のとき、君は舞台スタッフたちが照明ブースを見学しているあいだ、一人で大道具の部屋に残ったそうじゃないか。昼食を食べそこねたから食べたいと言って。そして浦添くんはこうも言った。君の弁当にはフランクフルトソーセージが入っている頻度が高いと。――事件の真相はこうだ。三日前、君はフランクフルトを食べるときにケチャップの小袋を強く押したか、あるいは落として踏んづけてしまったかして、すでにその場にあった明玉学園高校のダンボール箱を汚してしまった。慌てて拭《ふ》いたがシミがついてしまう。焦《あせ》った君はふと、自分の学校のサボテンの書き割りに注目する」

サボテンもダンボールで作られている。裏の一部の表面をはがし、〈ソフトポポ〉の黒い波のラインに沿うように切り、両面テープで上から貼った。小道具も自分で作る水田さんにはこの作業もお手の物だった。最下段の真ん中のダンボールだったので、継ぎ目は気づかれずにすんだというわけだ。

昨晩、早乙女先輩が電話で訊いてきたのはまさにこのことだった。「川島くんたちの乱闘を避けるため、水田くんとサボテンの書き割りを移動させたとき、書き割りの裏に何か異変はなかったか？」という先輩の問いに対し、美咲は「そういえば、一部がはがれていたような……」と答えたのだ。まさかそれが、こんな推理につながるとは思っていなかった。

「でも、ちょっと待ってください」

美咲の中に疑問が生じる。

「それ、そのままにしておいたらバレなかったじゃないですか」

「ああ」

早乙女先輩はうなずく。

「もともとそのまま黙っておくつもりだったのだろう。だが二日前、美咲くんが一人でこの部屋に残ると聞いたとき、彼はこれを利用することに決めたんだ。君を陥れるのにね」

「馬鹿《ばか》な」

水田さんは心なしか、興奮している。

早乙女先輩は対照的に落ち着いていて、水田さんに背を向けると、距離をとるように歩きはじめた。

「まさか、本気で言っているわけではないですよね」

水田さんが言うのと同時に、

「水田くん」

早乙女先輩はくるりとターンをするように振り向いて、制服のポケットから何かを素早く取り出し、「片手でキャッチだ」と言いながら放り投げた。

水田さんはそれをキャッチする。みかんだった。

「なんですか」

と眉をひそめる水田さんに対し、早乙女先輩は満足そうに笑ってみせた。

「左利きなんだな」

「あっ」

美咲は思わず声をあげる。水田さんはたしかに、左手でみかんを握っていた。

「私には」

水田さんはみかんを学ランのポケットにしまいこんで早乙女先輩をにらみつける。

「池谷さんを陥れる理由がない」

静かな対峙《たいじ》。いったい、どうなってしまうのだろう。早乙女先輩は次に何を言い出すのか……。しかし、話し出したのは早乙女先輩でもなければ、水田さんでもなかった。

「俺のせいなんだろ？」

荻原先輩だ。

「早乙女に言われてやっと思い出したよ。……ゆだっち」

突然飛び出した、謎《なぞ》のあだ名。美咲はついていけない。

「ど、どういうことですか？」

「彼は湯田幸太郎《ゆだこうたろう》。俺の小学校のころの同級生で、一緒に飼育係をやっていたんだ」

飼育係……？　美咲の記憶の中に、ほんのり何かが浮かんできた。あの、本来大道具の搬入をするはずだった大雨の日。荻原先輩の、雨ガッパの嫌な思い出だ。

「荻原と湯田は、小学校の同級生、そして共にウーパールーパーの飼育係だったんだ」

早乙女先輩が語りだす。

「俺が、このことに気づいたのは、これがきっかけだった」

ぺらりと見せたのは、一枚のコピー用紙。『置き去りアミーゴ』のパンフレットだった。

「ここに、トラウマを作品に昇華させたというようなことが書いてある。このトラウマとはどういうことか。俺は考えた」

目を伏せ、拳《こぶし》を握っている水田さん。早乙女先輩は続けた。

「主人公のサラマンダーは砂漠の中に置き去りだ。その砂漠の中でサラマンダーはソンブレロを被り、マラカスとタバスコを持っている。これが『メキシコ』というキーワードを導き出すということに気づいたとき、俺は驚いて声を上げそうになった。メキシコのサラマンダー、メキシコサラマンダーだよ」

早乙女先輩の人差し指が、美咲の顔の前につきつけられる。

「……すみません、全然わからないんですけど」

「メキシコサラマンダーっていうのは、ウーパールーパーの別名なんだ」

荻原先輩が説明してくれた。

「置き去りになったウーパールーパーがトラウマ。俺は即座に、荻原のウーパールーパーの話を思い出した」

名前はたしか、カルロス。たしかにメキシコっぽい！

「小学校の頃にウーパールーパーをクラスで飼っていたなんていう経験は、そうあるもんじゃない。置き去りが関わっていればなおさらだ。俺は昨晩、荻原に、帰ったら小学校の卒業アルバムを調べるように言ったんだ」

「驚いたよ」

荻原先輩が話を引き継ぐ。水田さんの腕は小刻みに震え出した。

「ゆだっち、あんなに背が低かったのに、こんなに大きくなってて。名前も芸名を使ってたからわからなかった」

「ふざけるなっ！」

水田さん、いや、湯田さんは大声をあげる。顔は真っ赤になっている。口調もすっかり変わっていた。

「荻原、あのあと俺がどんなに惨《みじ》めな思いをしたかわかっているのか。カルロスを殺したと濡《ぬ》れ衣《ぎぬ》を着せられ、無視され、弁解の機会も与えられないまま、その直後に親父《おやじ》の転勤で福岡行き。誰も見送りしてくれなかった」

　湯田さんはすっかりひねくれてしまい、福岡での中学時代は友達ができなかった。その後、お父さんの再転勤で東京に戻ってきて、露沢高校に入った。演劇と出会って青春を燃やすことができたものの、小学校の頃のウーパールーパーの苦い思い出はずっと心の中にあり、それを今回、脚本として書き上げたのだった。

「駒川台高校の演劇部に荻原がいるのを見かけたのは、やっぱりあの台風の日か?」

　早乙女先輩が訊くと、湯田さんは薄笑いを浮かべながらうなずいた。

「リハーサルのやりかたもどヘタくそで、劇場の人への礼儀も知らず……反吐《へど》が出そうだったよ」

　それは私が悪いんだけどな……美咲は言い出さず、露沢高校のリハーサルを客席で見学しているときに、水田さんが何度か荻原先輩のほうを見ていたのを思い出していた。

「皮肉なもんさ。俺がカルロスの事件と自分の心の傷を表現した脚本をこうして地区大会にもってきたその時、しかもあの日のように台風が直撃している時に、荻原に出会ったんだからな。……こっちが人数の少ない演劇部で苦労している中、大人数で楽しくへらへらしやがって」

　冷たい響きがこもっている。

「しかも当の荻原は、何度も目を合わせたのに俺のことに気づきもしねえ。腸《はらわた》が煮えくり返りそうだった。なんとか駒川台高校の上演を中止に追いこめないかと、そんな邪悪な考えが頭に浮かんだ」

「それで、美咲くんを陥れようとしたのか」

「ああ……」

湯田さんは美咲の顔を見た。あの優しそうな表情は消え失《う》せていた。

「ブタカンが他校の大道具を汚してしらばっくれるということになれば、駒川台高校の上演は取りやめになるかもしれない。あの日も昼飯にフランクフルトが入っていてね。使用済みのケチャップの小袋は持っていた」

ケチャップのシミが〈ソフトポポ〉の表面についており、それが隠されていることは湯田さんしか知らない。それに、美咲一人がこの部屋に残って寝ている。……ありとあらゆる条件が、湯田さんを荻原先輩に対する復讐《ふくしゅう》に駆り立てていた。そして湯田さんは部屋を出るときこっそりゴミ箱の中にケチャップの袋を捨て、戻ってくるときに誰よりも早く部屋に飛び込み、七秒の間に〈ソフトポポ〉の表面に貼ってあるダンボールをはがし、自分の荷物の中に隠したのだ。

「だが、君の計画はうちの竹富くんによって崩された」

早乙女先輩が言うと、湯田さんは自嘲《じちょう》気味に笑った。

「……まさか、袋のちぎり方で利き手がわかるなんてな」

「計画が狂った君は、自分たちに疑いの目が向くのを恐れた。それで、明玉の自作自演の方向へ舵《かじ》を切ったんだ」

そういえば、自作自演説を言いだしたのは、湯田さんだった！

「正直、あれはヒヤヒヤしたよ。下条先生が怒鳴り込んできてくれてよかった。……しかし、悪あがきももう終わりのようだね。君たちはこのことを明玉の連中に言うんだろ。うちの高校は、俺の舞台は上演を中止されるに違いない」

「悪かった、ゆだっち。いや、湯田くん！」

突然、荻原先輩が跪《ひざまず》いた。そして、湯田さんに向けて土下座をした。

「俺があのとき、カルロスのことを湯田くんのせいにしなければ……。ごめん」

「頭を上げろよ、荻原」

やけにゆっくりと、湯田さんは言った。

「どうせもう俺は、今日の舞台に立てないんだ。自分のちっぽけな復讐のために、高校演劇の精神を、汚してしまったんだから。ねえ、早乙女くん」

早乙女先輩は難しい顔をしていた。

「いいんだ、どうせ。俺たちの高校の演劇部はもう、廃部が決まっている。浦添だって放送部の顧問に無理やり言われて手伝っているだけだ。俺一人が右往左往している、独りよがりで弱小な部活だったんだ」

卑屈な笑みを浮かべる水田さん。

その顔を見ていたらなぜか、美咲の頭の中にナナコの顔が現れた。演劇部に関わるトラブルは、すべてナナコからのプレゼント。だとしたらこの局面も……。

「ちょっと待ってください！」

美咲は、『置き去りアミーゴ』のパンフレットを湯田さんに見せ、「メッセージ」の部分を指さした。


　最後になりましたが、演劇は私の高校生活に張りをくれたかけがえのないものでした。もし演劇に出会わなければ、私の青春時代は無味乾燥な灰色一色だったでしょう。この大会に関わる皆さん、三年間どうも、ありがとうございました。


「これは、誰に対する感謝なんですか？」

湯田さんはパンフレットを見つめ、首を振った。

「こんな弱小演劇部でも、地区大会に出場させ続けてくれた実行委員会。そして、見てくれたお客さん。……だけどもういい。もう十分感謝はした」

「それは違います」

美咲は言い放つ。

「キャストの受けた恩は、演じることによってしか返せないと思います」

そしてキャストが心置きなく演技ができている環境こそが、スタッフの誇り。だけどこれは言わなくてもいいことだ。スタッフはあくまで、裏方だから。

「それに」

その代わり、美咲には言うべきことがある。

「今日がひょっとしたら、高校生活の部活の最後の日になるかもしれないんでしょ」

三人ははっとした表情でお互いの顔を見合わせた。

「上演できなくなる高校なんて、あっちゃいけません。たとえ一校でも、あっちゃいけません」

「明玉のやつらは、犯人を見つけたがってるぞ」

「今日のプログラムが終わるまで、黙っていましょう」

美咲は三人の顔を見て、うなずいた。

「私たちが黙ってれば、表沙汰《おもてざた》になりませんって。うちのキャストたちにも内緒です。

荻原先輩も、いいですね」

「でも、こうなった以上、黙り続けるのは……」

「芝居をするのが、キャストの仕事でしょ」

心配する荻原先輩の顔に向けて、美咲は人差し指を立てた。

「あなた方キャストは、舞台裏のことなんか心配せずに、自分の芝居に集中していればいいんです」

そして今度は、ブタカンを信じられれば、の話ですけど」

「もちろん、ブタカンを信じられれば、の話ですけど」

湯田さんは美咲の顔をしばらく見ていたが、やがて荻原先輩のほうを向いた。

「荻原。お前が憎たらしいくらい羨ましいよ」

そしてドアノブに手をかけ、一気に開いた。そして振り向き、

「駒川台高校だけには、絶対負けないからな」

三人を残し、湯田さんは、出て行った。

11.

それから、昼の一時はあっという間にやってきた。

駒川台高校に与えられた控え室は、十畳ほどの部屋。普段は脇役の俳優さんたちが使う「大部屋」として使われているらしいけれど、キャスト九人にスタッフ、荷物類を含

めるともう満杯だ。とにかくメイクと衣装着替えだけはしなければならないので、美咲たちは廊下に出て最終打ち合わせをした。本番前のそわそわした時間。演劇部員たちの頭の中は舞台のことに支配され、すでにケチャップ裁判のことはみんな忘れている。どうやら秘密は守れそうだった。

トミーとジュリア、それにスポットライトを動かす担当のみど先輩は先に音響・照明ブースのほうへ。

美咲たちはぞろぞろと舞台裏へ歩いていく。

大道具はすでに袖に運んであった。

舞台の上からはボーダーライトが薄明かりで照らしている。緞帳《どんちょう》は閉まり、客席との距離が近い分、お客さんの声が聞こえてくる。満員なのは当然だ。

……緊張してきた。

ふとキャストの男子たちを振り返る。みな、まい先輩の作った衣装に身を包み、メイクをしっかり施している。当然ながら、いつもみたいにワイワイ騒いだりしない。これからの一時間のことに集中している。

りかぽんとまい先輩、早乙女先輩の顔にも緊張が浮かんでいる。昨日の夜、心にあったような感傷は、もうどこかへ吹き飛んでいた。

一生懸命練習してきた舞台を成功させる。知らない誰かを楽しませる。――ただ、それだけだ。

「みんな」

まい先輩が小声で言い、集まるように指示を出した。

「それじゃあ、気合入れをします。早乙女」

「えっ？」

突然振られた早乙女先輩は目を丸くしていた。

「あんたが作った舞台なんだから、あんたがやりな」

早乙女先輩はまとめキャラではない。だけどまい先輩の目は真剣だった。この二人には、一年生の頃からの絆《きずな》がある。

「ああ」

早乙女先輩はそれだけ言うと、手を前に出した。自然と円陣を組むような形になり、キャストもスタッフも手を円の中央に差し出す。

「それじゃあみんな、最後まで、頑張るぞっ」

「おー」

客席に聞こえないくらいの小さな声での気合。同時に、ブーというブザーが鳴る。

〈みなさま、お待たせしました〉

緞帳の向こうで、女子生徒の声がした。どこかの学校のお手伝いだろう。

〈ただいまより、駒川台高校演劇部による上演を行います。演目は、早乙女祐司・作『白柚子姫と五人の忍者』です〉

舞台のボーダーライトがＦ《フェイド》・Ｏ《アウト》していく。板つきの辻本くんが舞台中央へ歩いていく。

ブー、と、長く聞こえるブザーが鳴り終わって、ひと呼吸。

ちょん、ちょん、ちょんちょんちょんちょん……という旅芝居っぽい拍子木のＳＥ《効果音》とともに幕が上がり、ＢＧＭ１が流れた。

青みがかった光に照らされる辻本くん。

『時は真永《しんえい》二年。罪なき民に圧政を強いる強欲な姫がおった！』

はじめのセリフが出た。

『おーっほっほっほ！』

甲高い笑い声を出しながら、我妻くんが出ていく。

——芝居は動き出した。

こうなったら、もう幕が下りるまで止まらない。これが私たちの、青春なんだ。

美咲は、Ｑシートをぎゅっと握り締めた。

第四幕

美《み》咲《さき》蒼《そう》白《はく》！『白《しら》柚《ゆ》子《ず》姫』はパクリだった!?

——私たち演劇部員は幕が上がったら、
キャストにしろスタッフにしろ、
何があろうとも自分の仕事を全うすべきです。

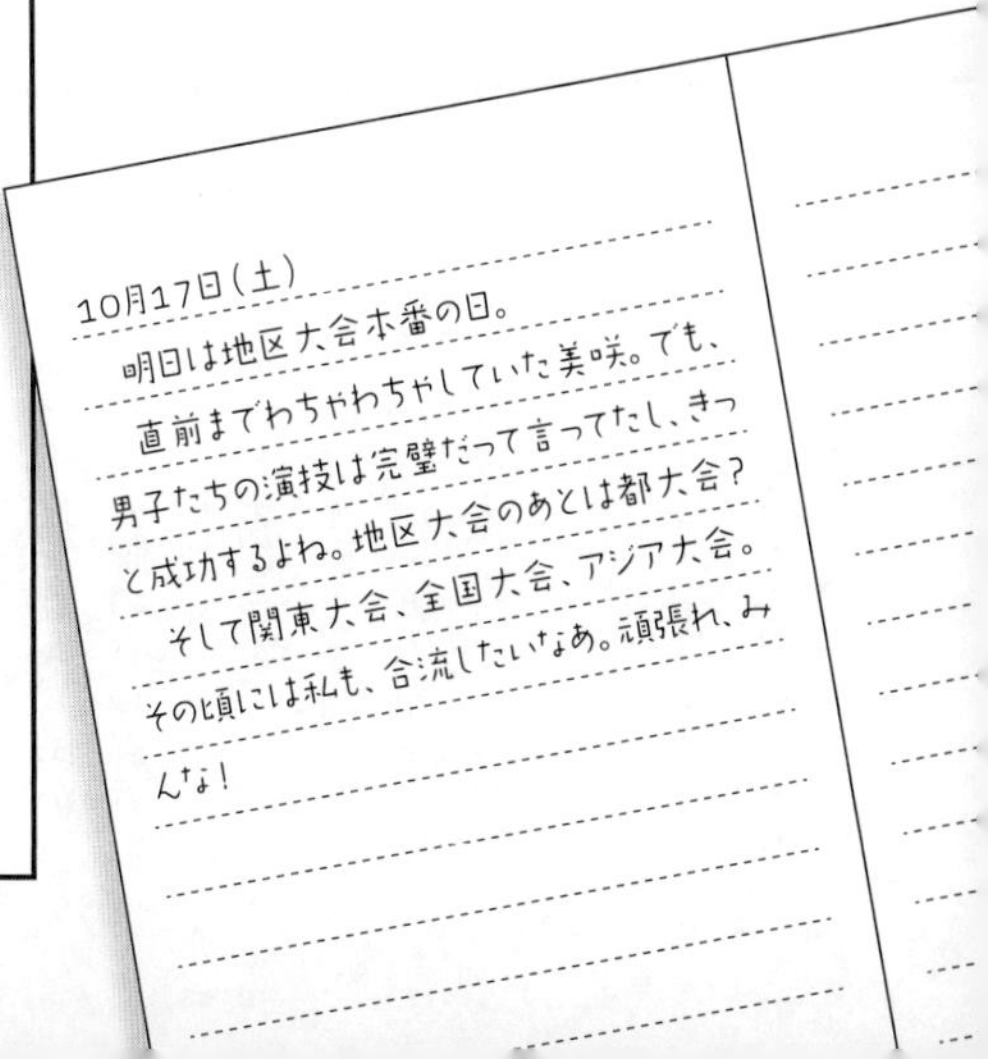
10月17日(土)
明日は地区大会本番の日。
直前までわちゃわちゃしていた美咲。でも、
男子たちの演技は完璧だって言ってたし、きっ
と成功するよね。地区大会のあとは都大会？
そして関東大会、全国大会、アジア大会。
その頃には私も、合流したいなあ。頑張れ、み
んな！

1.

時は真永《しんえい》二年。

金柑城《きんかんじょう》には、白柚子《しらゆず》姫という、世にもわがままな姫がいた。姫は圧政を敷き、民から税を搾《しぼ》り取り、贅《ぜい》を尽くした生活をしていた。その姫の配下には五人の腕の立つ忍者がおり、誰も刃向かうことができないのであった——。

早乙女《さおとめ》祐司《ゆうじ》脚本『白柚子姫と五人の忍者』はこういう出だしで始まる物語だ。

駒川台《こまがわだい》高校演劇部は、この脚本を上演すべく、夏休みをかけて稽古《けいこ》をしてきた。おかげで文化祭では好評を得、数年ぶりに地区大会に出場することとなった。脚本の書き直しやキャストの編成し直し、それに並行する様々なトラブルを乗り越え、ついに今日、十月十八日の本番を迎えたのだ。

『おーっほほっほ、どうじゃ〒《ぽすと》、わらわの今日の化粧のノリは』

白柚子姫を演じる二年生キャスト、我妻《あがつま》くんが舞台ではしゃぎ回っている。本番前には緊張の面持ちだった彼だけれど、いつもよりテンションが高い。客席から笑いが漏れるのが聞こえる。観客の心をつかんでいる証拠だ。——こんなに飛ばして、後半疲れたりしないだろうか。

池谷美咲《いけたにみさき》は上手袖《かみてそで》の奥でQシートを握りしめ、心配していた。

でも、力が入るのもわかる。もし今日、「推薦校」に選ばれることがなければ、この舞台を上演するのは今日で終わりなのだ。三年生は引退し、事実上、このメンバーでの部活も最後となる。なんだかそう考えると、寂しい。

「おい、美咲くん」

背後から話しかけてくる小声があった。早乙女先輩だ。

「ボーッとしているな。Qを忘れるんじゃない」

「わかってますよ」

ゆっくりと二人の間を抜けてくるのは、西野俊治《にしのとしはる》先輩。地の顔がいいうえに、今日はメイクで眉毛《まゆげ》もきりっとして、忍者の衣装がよく似合っている。薄暗いところでこれだけのルックスなのだから、舞台照明の下で映えるのは当たり前だ。

西野先輩は美咲に笑いかけてきた。緊張をほぐしてくれるためだろうけれど、美咲はその顔に見とれた。

——……わいいな、お前
また、一か月ほど前のダイオウイカの公園の夜のことが蘇《よみがえ》ってくる。

——……きかな、って思うよ、お前のこと

——つきあってみないか……

美咲はずっと、あのとき聞いた先輩の言葉を胸に秘めている。地区大会の練習に身を入れるためか西野先輩はその後何も言ってこない。でも、もし今日、舞台が終わったら、もう一度、西野先輩のほうから美咲に言ってくるんじゃないか、と、淡い期待がほんの少しあったりもする。今度ははっきり聞かないと。……いけない、いけない。今は本番中。しかも、今日でこの『白柚子姫と五人の忍者』の舞台上演は最後かもしれないのだ。集中しないと。

白柚子姫と、荻原《おぎわら》先輩演じる英《はなぶさ》〒のシーンが終わって、音楽がＦ《フェイド》・Ｏ《アウト》し、二人がハケると同時に、西野先輩の演じる清瀬《きよせ》◎《にじゅうまる》の出番だ。すべてのキャストの出番を把握し、舞台に出ていくきっかけを与えるのは、舞台監督《ブタカン》の大事な役目の一つである。美咲は本番中、上手袖でその役を担当している。

もちろん、キャストの入りハケの他に大道具の移動の指示を出すのも舞台監督の仕事だ。本来はそれ専門のスタッフがほしいところだけど、駒川台高校演劇部のスタッフは演出の早乙女先輩を合わせても七人しかいない（残りの六人は全員女子）。しかもそのうち、ジュリアとトミーの二人は音響・照明のオペレーティングをするために客席後方のブースにいる。上手袖には美咲の他には小道具担当のみど先輩がいるだけだ。だから大道具は、男子キャストの手も借りて移動させることになる。

下手《しもて》袖では、部長で衣装担当のまい先輩と、大道具担当のりかぽんが指示を出してくれているはずだ。

「早乙女くん……」

ふと、背後から遠慮がちな声がした。

振り返ると、出番待ちで緊張している男子キャスト集団の後ろに、顧問の伊勢田《いせだ》愛《あい》先生（通称愛ちゃん）が立っていた。普段からあまり部活動に口出しをしてこず、本番中も客席で見ていると言っていたはず。どうしてここにいるの……と、その背後に控えている大きな人影を見て美咲は、不勉強な問題について急に答えよと迫られた若手国会議員のように緊張した。

緑のセーターを着たその大柄な男性は、高校演劇界に名をとどろかせる名物教師の下《しも》條《じょう》先生だったのだ。舞台に関して常に情熱的で厳しく、どの学校の生徒に対してもすぐに怒鳴り散らすこの先生には、この地区大会に参加するすべての高校生たちが畏《い》怖《ふ》というより恐怖を抱いている。いや、高校生だけではない。各校の顧問の先生たちもだ。現に愛ちゃんなんか、罠《わな》にかかって捕まってしまった野ウサギのようにびくびくしている。

「なんですか、本番中ですけど」

早乙女先輩は、話しかけるなとでも言いたげに受け応《こた》えた。

「下条先生が、その……脚本のことで……」

「脚本？」

ずいと出てくる下条先生。その手には二冊の冊子が握られていた。忍者の衣装の男子キャストたちが慌《あわ》てて道を開ける。

「君が早乙女くんか」

下条先生もさすがに本番中の舞台袖ではいつものがなり声は上げず、むしろ舞台に声が漏れないように配慮しているようだ。

「はい」

「この脚本なんだが」

下条先生は、手に持った冊子のうち、水色の表紙のほうを見せてきた。今まさに上演中の『白柚子姫と五人の忍者』の台本だ。実行委員会には上演台本を事前に三冊送らなければならないことになっている。そのうちの一冊だろう。

「原作者と原作タイトルが書かれていないみたいだが」

「え？」

早乙女先輩は聞き返す。美咲も、みど先輩も、西野先輩を中心とする男子キャスト連中も、眉をひそめた。

「脚本に原作がある場合は、原作者と原作タイトルを書くのがルールだろう」

次第に、下條先生の言葉にとげが混じってきた。

「これじゃあまるで、君がオリジナルで書いた脚本のようじゃないか」

「おっしゃっている意味がわかりませんが」

早乙女先輩は首をかしげた。

「この脚本は、正真正銘、僕のオリジナルです」

「とぼける気か」

下條先生は、もう一冊の冊子を見せてきた。赤い、使い込まれたぼろぼろの台本のようだった。タイトルには『ニジュウマル～忘却の忍び～』とある。

「君の台本を読んだある高校の先生が教えてくれたよ。これはもう三年も前に、劇団王《おう》ラグナクが上演した舞台の台本だそうじゃないか」

三年も前……？　どういうこと……？

美咲は早乙女先輩の顔を見る。石膏《せっこう》像のような無表情。その向こうで愛ちゃんが、悲しげにも見える顔で早乙女先輩を見ている。

「この台本と、君の台本。登場人物がそっくりだ。君は、この舞台をもとに、脚本《ほん》を書いたんだろう？」

嘘《うそ》でしょ……？

「わかりませんね」

少しの沈黙のあと、早乙女先輩は言った。

「なぜそんな言いがかりを」

下條先生は口元に笑みを浮かべ、不精髭《ひげ》の残る頬を震わせて、ふるると息を吐いた。

「ちょっと、来てもらおうか」

早乙女先輩は腕をとられ、バランスを崩した。まるで死刑執行人に引きずられる罪人のように。

「待ってください」

引き留めようとする美咲を、早乙女先輩はつかまれていないほうの左手で指さした。

「何をしているんだ」

「え？」

「君は舞台監督だろう。そろそろ次だぞ」

振り返ると、たしかに、荻原先輩と我妻くんのシーンは終わろうとしていた。西野先輩にベストなタイミングでQを出さないと。

でも、こんな状況で？

『白柚子姫と五人の忍者』が、早乙女先輩のオリジナルじゃない？　パクリってこと？

美咲は、舞台裏の廊下へと引きずり出される早乙女先輩を見ながら、急速に不安になっていた。

「私が行ってくるから、美咲ちゃんは舞台を」

みど先輩がスカーフを整えながら、早乙女先輩についていく。男子キャストたちは、不安そうな顔をしながらも、舞台に出る準備を進めている。

せっかくケチャップ裁判の決着がついたと思ったのに。まったく、本番の幕が開いた後まで、いったい、どうしてトラブルが尽きないんだろう……。

2.

『白柚子姫と五人の忍者』の主人公は、白柚子姫ではなく、彼女の命を狙《ねら》おうとする忍者、清瀬◎だ。彼は幼いころに白柚子姫に母親を殺され、拾ってくれた仙人のもとで修業を積み、忍びの道を究めた。

その力をおのれの憎悪《ぞうお》を晴らすためではなく幸せのために使うがよい、という仙人の言葉に背き、民の声に押された◎は白柚子姫に毒りんごを食べさせるべく、単身、金柑城へ乗り込むのだ。

ところがそれでみすみすやられるような白柚子姫ではない。彼女の配下には、世にも奇妙な忍術を操る五人の忍者たちがいた。

一、銀光金剛《ぎんぴかりこんごう》。太刀とくさり鎌を二刀流で操る武芸の達人でありながら、触れたものをすべて刃物に変えるという忍術を操る。
二、月影大音量《つきかげおおね》。声が大きい。声を固めて標的に投げつけ、その相手の口から投げつけた言葉を発させるという忍術を操る。
三、葉隠狂刻《はがくれきょうこく》。『漏刻《ろうこく》の術』という時間を止めたり、少しだけ戻したりする忍術を操る。
四、茗荷谷一刀斎《みょうがだにいっとうさい》。山にこもってミョウガを使った忍術をいくつも編み出した。しかし、ミョウガの食べ過ぎでそのほとんどを忘れてしまった。茗荷大御《おおみ》神《かみ》という物《もの》の怪《け》を呼び出し、ミョウガの雨を降らせ、相手の記憶を忘却の彼方《かなた》へ葬《ほうむ》り去る『茗荷忘忘術《みょうがぼうぼうじゅつ》』という忍術を操る。
五、英〒。一振りで相手の骨までを断つほどの剣の達人。白柚子姫のお気に入りであり、いつもそばにいるようにと命じられている。ある夜、金柑城の郵便受けに捨てられていたことから、この名がつけられた。
◎の行く手を阻《はば》むこれらの忍者のキャラクターと変なせりふ回しこそ、早乙女先輩のオリジナリティを際立《きわだ》たせるものとなっている……はずだったのだけれど。
「なんだ、これ」

舞台裏の廊下は袖と違って蛍光灯の明かりが煌々《こうこう》と照っている。他校の大道具が壁際に並んでいる。露沢《つゆざわ》高校のダンボールづくりのサボテンの書き割りのちょうど正面に、四人はいた。赤いぼろぼろの台本を見て、信じられないというように目を丸くしているのはみど先輩だった。

「ほとんど、一緒じゃん」

みど先輩は台本から目を上げ、早乙女先輩の顔を凝視した。先輩は腕を組み、壁にもたれたままでいる。それを取り囲んでいるのが、愛ちゃんと、下條先生。愛ちゃんはただただ申し訳なさそうに下を向いているだけだった。

「ちょっと見せてもらっていいですか？」

「美咲くん、君は戻れ」

早乙女先輩は不機嫌な口調で言った。

「本番中に、ブタカンが袖を離れてどうする」

そう。今は本番中。だけどこんな緊急事態が起こっているのに、落ち着いてなんていられない。それに、舞台上の声はこの舞台裏廊下の天井に取り付けられたスピーカーからもしっかり聞こえてくる。

「大丈夫です。清瀬◎のシーンは、五分三十秒前後、続きますから」

美咲は首から提げたストップウォッチを掲げた。芝居が始まってから06：09。練習をずっと見てきた美咲は、どのシーンにどれだけの時間がかかるか、ちゃんと頭に入っている。西野先輩にQを出したあと、ダッシュでこの舞台裏廊下へと出てきたのだ。

「芝居は生き物っていうだろう。本番では興奮してセリフを早く言ってしまったり、ひどいときは勝手に、一ページ分シーンを飛ばしてしまうこともあるんだぞ」

美咲は適当にうなずきながら、みど先輩より赤い台本を受け取って表紙を開いた。

――劇団王ラグナク旗揚げ公演『ニジュウマル〜忘却の忍び〜』。脚本・演出は「佐々《さ さ》山《やま》リョウ＋荒日陸《あらひりく》」とある。

登場人物表を見て、美咲はびっくりした。

主人公の名前は「清田《きよた》◎」。わがまま姫の名前は「白ゆり姫」。それに、ズバリ「仙人」という役もある。

そして、登場する忍者たちの名前は、「しろがね金剛《こんごう》」「大音量《だいおんりよう》うる斎《さい》」「螺子《ね じ》巻《まき》狂刻《きようこく》」「茗荷谷《みようがだに》ハツ次郎《じろう》」……似すぎだ。

それだけではない。「出まかせ権蔵《ごんぞう》」という忍者の名前まである。

これは明らかに「出摩《で ま》枷龍次《かせりゆうじ》」と被《かぶ》る役。一時間の枠に収まらないと、地区大会に向けて役がまるごとカットされたあの役の元ネタとおぼしき人物までいるということは……

「早乙女、あんたパクったね？」

みど先輩が核心に迫った。赤い台本の上演日付は三年前になっている。台本のぼろぼろ具合からして、最近作られたものでないことは明らかだった。

早乙女先輩はむすっとしたままだ。

「……まあ、今回、上演を途中で止《や》めるということは避けたい」

下條先生が、不自然なほど落ち着いた声で言う。

「しかし、脚本に原作がある以上、それを隠しておくことは許されない。上演終了後、委員会のほうから、『今の上演脚本には原作がありました』とアナウンスし、この原作者と原作タイトルを発表するということにすれば、それ以上咎《とが》めることはしないことにしよう」

不本意そうだったが、やはり本番中に怒鳴り声を上げたりはしないようだった。

「寛大なご処置、ありがとうございます」

愛ちゃんが、ホッとした様子で頭を下げた。

「冗談じゃありません」

早乙女先輩は口を開いた。

「この『白柚子姫と五人の忍者』は、……まあ、はじめは五人じゃなくて六人だったが、とにかく、百パーセント、俺の頭の中から出てきた話です。他人が書いたもののようにアナウンスするなんて、できません」

下條先生は頭を振った。その怒りが次第に、胸の中から喉《のど》のあたりまで上昇してきているように、美咲には見えた。

「ここまで登場人物の名前が似ているんだ。しかもなんだ、忍者たちの忍術？　そっくりじゃないか」

「偶然でしょう」

「偶然だと？　時を止めるとか、身の回りのものを刃物に変えるとか、そのあたりはまあ、まだ納得がいく。だが、声を固めて投げつけるだとか、ミョウガの化け物を操って物忘れを誘うだとか、そんな発想まで他人と重複するわけがないだろう」

「たしかに、そのアイデアが被ったのは、創作者として悔しいと言わざるを得ませんが」

早乙女先輩が平然と言ってのけたので、下条先生の顔は赤くなった。

美咲は口をはさんだ。全員の顔が美咲のほうを向く。

「あの」

「私、先輩がこの脚本を書くところ、横で見ていたんです」

「何？」

「だから、この脚本がパクリだということはあり得ないと思うんです」

……本当だろうか。言いながらも美咲の心の中は揺れ始めていた。たしかに夜の学校で先輩がこの脚本を書いているのを美咲は見ていた。でもそれ以前に先輩が王ラグナクの脚本について知っていたとしたら。早乙女先輩が、脚本をパクった？　……考えたくない。だけど事実、この三年前の台本とここまで似ている……。

「あのな」

と肩を震わせる下條先生を遮るように、

「美咲くん」

早乙女先輩は天井のスピーカーを指さした。

「そろそろ五分経《た》つだろう」

ストップウォッチに目を落とす。11：02。あと三十秒くらいで西野先輩はハケ、英〒をはじめとした白柚子姫の部下の忍者たちのシーンだ。

「でも」

「舞台監督は舞台中は芝居に集中しろ！」

真剣な目。

「たとえ、脚本が疑われることがあってもな」

みど先輩も「ここは私に任せて」という顔をしているし、下條先生の顔は怖い。オロオロするばかりの愛ちゃんはもとより助け舟を出す様子もない。

美咲はすごすごと上手舞台袖へ戻るしかなかった。露沢高校のサボテンの書き割りが他人行儀に目に映った。

3.

『よう……』

声を張りながら、銀光が出ていく。少し遅れて、月影登場。

『珍しいな』

『そば粉で作ったパスタなんて』

『そば粉で作ったパスタなんて』

月影に投げつけられたセリフを口にしてしまう銀光。

『ん？』

『もう！　月影、お前、いい加減にしろ』

大きなリアクションの銀光。客席から笑い声。

『だいたいなんだ、そば粉で作ったパスタって。それ、そばだろ。珍しくもなんともないだろ』

『コンキリエだ』

ポケットからコンキリエを出す月影。客席から笑い声が漏れる。

美咲の不安とは裏腹に、キャストたちの芝居心は弾み、今までで一番いい芝居になっている。観客の心をばっちりつかんでいるようだ。

「池谷」

さっき出番を終えたばかりの西野先輩が話しかけてくる。

「お前、大丈夫か？　顔色悪いぞ」

「いや……舞台照明の加減でそう見えるだけですよ」

とは言ったものの、廊下での早乙女先輩、下条先生の話し合いがどう進んでいるのか、気が気ではない。早乙女先輩が盗作なんてするわけないけれど、でもやっぱり、あの古ぼけた台本との酷似は、とても偶然とは思えない。そういえば、七月、『白柚子姫と六人の忍者』を書いているときの早乙女先輩は悩んでいる様子だった。悩むあまり、盗作を……。

「あんまり気にするなよ。とにかく今日の舞台を、楽しもうぜ」

西野先輩は前向きに笑ってくれた。その気遣いが嬉《うれ》しい。西野先輩の後ろで、出番待ちの仙人役、辻本《つじもと》くんも笑っている。心配だった老人の演技もめきめき上達して、満を持しての本番だ。

「そうそう、楽しみましょう」

袖の近くで待機している時任《ときとう》くんも言った。

「それより美咲先輩、俺のQ、忘れないでくださいよ」

彼の役、葉隠狂刻の出番はもうすぐだ。

「っていっても、自分でちゃんとタイミング計れますけど」

そのとき、美咲は気付いた。

「ねえ、兵藤《ひょうどう》くんは？」

兵藤くんの茗荷谷一刀斎は、葉隠狂刻の登場の一分後くらいに出ていく。だから今、ここにスタンバイしていなければいけない状態のはずなのに、その姿が見当たらない。

「さあ……兵藤先輩、緊張していたから、トイレじゃないですか」

時任くんも今気づいたようだ。

「でも、たしかにいなきゃ、ヤバいですよね」

「ヤバいなんてもんじゃないでしょ、もうー、どこに行ったの？」

と、美咲の不安が煽《あお》られたそのとき、

「ごめん、ごめん、どうしよう、ごめん」

焦《あせ》ったような泣きべそのような声をあげながら、兵藤くんが戻ってきた。その姿を見て、美咲は心臓が止まるかと思った。

「お前、なんだよそれ」

西野先輩も目を丸くしている。兵藤くんの、ピンク色の忍者衣装は、胸から膝《ひざ》にかけて、びしょ濡《ぬ》れだったのだ。

「緊張して、水を飲みに行ったら、トイレの前の給水器、壊れてて……」

ペダルと、指で押すボタンのついているタイプの給水器だった。ペダルを踏んでも水が出ず、ボタンを思い切り押したら、ものすごい勢いで水が出て、兵藤くんに襲い掛かってきたというのだ。

「まずいよね、これじゃ」

まずいでしょ、まずいでしょ。わーっと叫びたくなる気持ちをぐっと持ちこたえる。いつもはなんだかんだで早乙女先輩がそばにいたから指示も出しようがあった。……でも、本来は、本番中の責任はすべて舞台監督にあるのだ。これは自分がなんとかしないと。って言ってもどうするの？　キャストがびしょ濡れ。出番直前で乾かす暇もない。あと考えられることは……。

「美咲先輩、俺、もうそろそろ出ますけど」

時任くんが不安な顔のまま言った。

「待って時任くん」

美咲は閃《ひらめ》いた。西野先輩も辻本くんも「どうするんだ？」という顔をしているけれど、もうこうなったら従ってもらうしかない。だって私は、舞台監督なのだから！

「はい？」

「ちょっと、時間を止めたりして、茗荷谷一刀斎の出番を、引き延ばせる？」

そして美咲はキャストたちに、ある作戦を告げた。

「そ、そんなこといきなり本番で？」

時任くんは及び腰だ。

「大丈夫。時任くんならできるって」

「え……」

「ほら出番、はい、Q」

美咲は時任くんの背中を押して、無理やり舞台に突き出した。

『お待たせしましたねっ！』

開口一番、葉隠狂刻の爽《さわ》やかな台詞《せりふ》。今の今まで不安のどん底みたいな顔をしていたのに、ひとたび舞台に出て照明を浴びれば、腹式発声でセリフを轟《とどろ》かせ、客席の心をわしづかみにする。これだからキャストは頼りになる。

「いい？　兵藤くんも頼んだよ」

美咲は兵藤くんの鼻先に向けて人差し指を立てた。

「ああ……」

それを聞き受けると、ストップウォッチを握り、美咲は舞台裏廊下へと走り出した。

4.

階段を一段飛ばしで上り、「照明・音響」と書かれた扉の前へ。息を整えつつ、音をたてないようにゆっくりと扉を開く。

三畳くらいの小さな部屋だった。調光用の機械に、音響用のミキサーなど、機械が半分以上を占めている。奥の小窓からは客席の前半分と舞台が見えていた。

黒いシャツを着た劇場の人が一人と、制服姿の女子高生が二人。トミーとジュリアだ。二人は同時に振り返った。

「美咲先輩」

ジュリアが額にほつれた栗色《くりいろ》の髪の毛を掬《すく》い上げながら、目を見開いた。

「どうしたんですか」

「ちょっと、トラブルがあって。トミー、雨、降らせられる？」

「雨、ですか？」

怪訝《けげん》そうな顔をするトミーに向かって、美咲は兵藤くんの身に降りかかったことを手短に説明した。

「なるほど、それで時任のやつ、わけのわかんないアドリブを連発してたんですね」

舞台上を見やるジュリア。時任くんの演じる葉隠狂刻は、美咲が指示した通り、茗荷谷一刀斎の出てくる出番を遅らせるために四苦八苦している。すでに舞台上にいる英〒、銀光金剛と月影大音量は、不思議そうな顔をしながらもそれに対応している。普段のエチュードの成果だろう。

トミーは、美咲の説明の途中から、足元に置いてあったCDボックスを探りはじめた。駒川台高校演劇部の歴代音響担当スタッフが集めてきた音源CDの数々で、トミーはいつもお守り代わりのようにこのボックスを持ってくるのだ。

「屋久島の雨でいいですか？」

一枚のCDを取り出してトミーが訊《き》く。

「それ、激しい？」

「ええ、日本海流により湿らされた温暖な空気が、宮之浦岳を中心とする二千メートル級の山々にぶつかって雲となるため、屋久島は激しい雨で知られます。『屋久島にはひと月に三十五日、雨が降る』という言葉もあるくらいです」

淀《よど》みなく言いながら、機械にCDを入れるトミー。劇場の人は圧倒されているのか、何も口を挟まない。トミーはまるで十年以上使い慣れた機械であるかのような指使いでトラックを操作すると、再生ボタンに人差し指を載せてスタンバイした。

「池谷さん、Qをください」

「うん」

美咲は小窓から舞台を見て、タイミングを計る。時任くんがアドリブで止めていた時を、もとに戻すところだった。

「はい、Q」

トミーはボタンを押す。ジュリアがミキサーを操作する。舞台上を激しい雨音が包んだ。

『あれ？　なんでしょうか』

葉隠狂刻が客席の方を向き、窓から外を見るようなマイムをする。他の三人も察したのか、それに乗った。

『雨か』

『おお、雨だ。さっきまで晴れていたのに』

『ふぁ～。遅くなってすまなかったの』

上手袖より茗荷谷登場。とたんに、どっ、と客席が沸いた。……そりゃそうだ。役者が、まさかのずぶ濡れで出てきたのだから。

『ど、どうしたのだ、茗荷谷』

荻原先輩演じる英〒が、半分本気のように聞いた。

『そこまできたところで急に雨に降られての』

まだ客席からは笑い声が引かない。美咲はほっと胸をなでおろす。兵藤くんが濡れたことをごまかすために雨音を後づけで足したことは、気づかれていない。観客たちにとっては、見せられたものがすべてなのだ。

「あー、なんとか回避した」

「でも、こんなことして、早乙女先輩、怒らないんですか？」

ジュリアは眉をひそめた。

「ちゃんと相談してきたんですよね」

「ああ、それがね……」

二人の顔を見ていたら、我慢できなくなってしまった。美咲は二人に、下条先生がやってきてからの一連の騒動のことを話した。

「嘘でしょ！」

案の定、怒気まじりにジュリアが反応する。

「川島《かわしま》さん、静かに。客席に音が漏れてしまうかもしれません」

トミーが冷静に言った。

「早乙女先輩が、パクリなんかするはず、ないじゃないですか。あの下条とかいうおっさん、うちらのこと、目の敵《かたき》にしてるんじゃないですか？　性格悪そうだもん」

ジュリアのこういう気性の荒いところが、美咲は今でも苦手だ。だけど今はそんなことを言っていられない。早乙女先輩を全面的に信用したい気持ちは一緒だ。

「私も信じたいんだけど、でも、あれだけ登場人物の名前と能力が似てたら……そして、話の内容もそっくりらしいし」

「信じらんない！」

両手を額に当てるジュリア。

「川島さん。次の効果音の準備を」

「トミー先輩、ショックじゃないんですか。早乙女先輩のオリジナルだと思っていたものが、そうじゃないなんて」

するとトミーは黒縁メガネをくいっとあげて、ジュリアのほうを見た。

「オリジナルだろうが、パクリだろうが、それはどうでもいいことです」

「そんな。私たちは、早乙女先輩に裏切られたかもしれないんですよ」

ジュリアの責めるような口調にも、トミーは怯《ひる》まなかった。

「私たち演劇部員は幕が上がったら、キャストにしろスタッフにしろ、何があろうとも自分の仕事を全うすべきです」

そして彼女は、舞台上を指さした。

「見てください。私たちが急に音響を変えたのに、キャストたちはそれに呼応するように芝居を続けている。もしキャストたちがセリフを一ページ分飛ばしてしまったらどうします？　こちらも照明や音響をそれに合わせて変更するのが当たり前です」

見たこともないトミーの姿に、美咲とジュリアはあっけにとられた。

「演劇とは、キャストとスタッフの信じ合いです。信じ合えなくなったら、その時点で芝居はストップしてしまうのです。演劇部員ならば、たとえ裏切られたことがわかっていたとしても、幕を閉じるまでは、自分のほうから信じるのを止めるわけにはいかないのです」

……トミーはこう見えても、演劇に対しては並々ならぬ熱い思いを持っている。けっして日の目を見なくてもいい、いや、日の目を見ないことにこそ誇りを持つべきだというスタッフ像を、美咲は彼女から学んできたのだった。

「だから私は、早乙女先輩を信じます」

照明の機械の前に座り直し、舞台のほうを見ると、トミーは声を落ち着かせた。

「それがスタッフの仕事だと思うからです」

そのキノコカットの後ろ姿は、美咲の演劇部魂にガソリンを注入した。ジュリアと顔を見合わせる。彼女も同じ気持ちだ。

ジュリアとうなずきあうと、美咲は扉のノブに手をかけた。

「それじゃあ私、戻るから。最後までよろしくお願いします」

二人は、肩越しに、ひらりと手を挙げた。

5.

舞台袖に戻るべく、勢いよく階段を下りていく。

舞台裏の廊下には、もう上演が終わった学校や、これから上演が控えている学校の大道具が並んでいる。ひときわ目立つのは、サボテンの書き割り。駒川台高校の次に上演をすることになっている、都立露沢高校の『置き去りアミーゴ』のものだ。

そのサボテンから少し距離を置いて、われらが早乙女先輩が一人、腕を組んだままふて腐れた表情で壁に寄りかかっていた。下條先生や愛ちゃん、みど先輩はもういなかった。

「早乙女先輩、何してるんですか」

美咲が声をかけると、先輩はぎろりと睨《にら》んできた。

「君こそ何をしている。本番中だぞ」

「わかってますよ、戻りましょう」

先輩は動き出す様子もなく、顔をぷいとそむけた。……ああ、これは面倒くさいときの態度だ。たしかに予期せぬ出来事が起こったとはいえ、本番中にこの態度を取られたらどうしていいかわからない。

「どうなったんですか。パクリ疑惑の件」

「俺はパクってなんかいない」

「わかってます」

「ミョウガで人の記憶を奪う忍術がパクリだと？　俺は小学生のころからそういう忍者を考えていたんだ。休み時間や放課後にこう、自由帳に書いたりなんかしてな」

「はいはい。信じてますから。どうなったか、教えてください」

先輩は再び、美咲のほうへ顔を戻した。

「下條先生を納得させることはできなかった」

やっぱり。あの愛ちゃんも頼りにはならなかった。

「上演終了後、大会委員会の名で、『ただいまの上演作品には原作がありました』とアナウンスするそうだ。劇団王ラグナクと『ニジュウマル～忘却の忍び～』のことも言うらしい」

「それは、決定ですか？」

「ああ」

早乙女先輩は歯ぎしりをするような顔になっていた。

「しかたない。もう、俺たちの上演は終わりだ」

「何を言ってるんですか。幕が上がったら、最後まで芝居を全うさせるんですよね」

「芝居を全うさせた直後に、『これは俺たちの芝居じゃない』と無理やり宣言させられるんだぞ。そんな芝居、やる意味あるか」

早乙女先輩はすっと壁から身を起こし、美咲の脇《わき》をすり抜けていった。

「あとは勝手にやれ」

「ちょっと、どこに行くんですか」

「俺は帰る」

「帰るって……」

美咲の中に怒りが込み上げてきた。でも怒ったところで先輩の気持ちは変わらないだろう。これは、さっきのトミーの感動的な言葉を引用するしかない！

「それは裏切りです。えと、演劇っていうのは、キャストとスタッフの信じ合いです。信じ合えなくなったら、その時点で芝居はストップしてしまうんです。だから」

あれ。なんだっけな……。

「演劇部員っていうのは、えっと、幕を閉じるまでは、えっと……」

「それこそ、誰かのパクリだろ」

ああ、しまった。うまくいかなかった。

早乙女先輩は美咲に背中を向け、去っていく。……と、サボテンの書き割りの脇を通り抜けようとする先輩の足が、止まった。

「ん？　……うわぁ」

のけぞる先輩の足元を見て、美咲もぎょっとした。サボテンの足と、近くに置かれたダンボールの間から、光沢のある黄金色の手が伸びていて、早乙女先輩の足首をつかんでいるのだった。

「ふざけるのも、いい加減にして下さい」

手の主のものと思《おぼ》しき声が聞こえてくる。そして、ぬっと、その主が顔を出した。

「わぁぁ！」

「きゃああ！」

美咲は、先輩より大きな声を出して二、三歩、後ずさった。

黄金色のつるんとした頭。目も口も細く、耳はない。頬のあたりから、変なビラビラしたものが突き出ている。怪物だ。パリのオペラ座に怪人《ファントム》が棲《す》んでいるように、目黒のジョリーシアターには怪物《モンスター》が棲みついていて、演劇を冒瀆《ぼうとく》する者を酷《ひど》い目に合わせるんだ。

「そんなに驚かなくたって」

怪物はサボテンの後ろから全貌《ぜんぼう》をあらわにした。……どうやら、黄色の全身タイツらしい。合わせるように、顔には黄色のドーランを塗りたくっているのだ。赤い派手なべストを着て、腰には太いベルトを巻き、ダンボールで作ったらしきトルティーヤをぶら下げている。

「私ですよ」

その声に聞き覚えがあることに、美咲は気づいていた。

「水田《みずた》さん、ですか？」

「はい」

都立露沢高校の水田コジローさんだ。今朝ケチャップのことで話し合ったときには途中から感情的になって乱暴な口調だったけど、また敬語に戻っていた。

「なんですか、その恰好《かっこう》」

「なんですかって、メキシコサラマンダーですよ」

ウーパールーパーの別名だ。そういえば露沢高校の演目『置き去りアミーゴ』は水田さんの一人芝居で、ウーパールーパーが主人公なのだ。でも、ウーパールーパーって、こんなのだっけ。これじゃあ、出オチじゃない？　一時間、もつ？

「いつからそこにいたんだ」

早乙女先輩は妙に冷静に訊いた。

「みなさんの本番が始まってからずっとですよ。うちの上演は次なので。いつも本番前は大道具の裏で瞑想《めいそう》することにしているんです。下条先生と君との話は聞かせてもらいました」

話を聞いていたんじゃ、瞑想になってないじゃん。と思ったけど、美咲は言わなかった。

「パクリじゃないんですよね、早乙女くん」

「ああ、ずっとそう言っているだろう」

「それを、本番終了までに下條先生と実行委員会に証明できれば、最後のアナウンスはなくしてもらえると」

「そうだろうな」

「いいでしょう」

水田さんは全身タイツの膝をぱしんと叩《たた》いた。

「私がなんとか調べてみましょう」

「はぁ？」

美咲と早乙女先輩はそろって声を上げた。

「王ラグナクっていう劇団名には、私も聞き覚えがあります。なんか北欧神話を想起させるなあって。電話して事情を聞いてみることができるかもしれません」

「なんで、そんなことまでしてくれるんですか」

すると水田さんは、美咲の顔を見た。

「言ったでしょう。私は、駒川台高校だけには絶対負けないと」

　今朝の話だ。

「脚本がパクリだということを書いた本人が認めず、しかも演出が本番途中に投げ出して帰った舞台なんて、超えてもまったく面白くないじゃないですか」

「何だと」

　挑発的な発言に、早乙女先輩が身を乗り出す。

「私が超えたい舞台は、そんなものじゃないと言っているんです」

　水田さんも一歩踏み出す。

「練習に練習を重ね、自由気ままな男子キャストたちの裏で、女子スタッフたちが綿密な連携を取り合い完成させた、大人数の演劇部の青春の醍醐味《だいごみ》が詰まりに詰まった舞台。……脚本も大道具も衣装も主演も全部、男一人《わたし》、孤独の淵《ふち》で作り上げてきた舞台が、こんなキラキラした素敵な舞台をやっつけてやるっていうストーリーのほうが、爽快《そうかい》じゃないですか」

　ウーパールーパーメイクの下の、なんとも言えない歪《ゆが》んだ笑顔。……うーん。この人はこの人で、とてつもなくひねくれている。だけど、ということは、やっぱり早乙女先輩と波長が合うということなのだ。

「さあ、わかったら、袖に戻ってください。信頼する仲間が、今しか一緒に舞台を作り上げることのできないかけがえのない仲間たちが、君たちのことを必要としています。さあ、さあ」

と、そのとき、

「美咲先輩！」

泣きそうな声が、廊下の奥で聞こえてきた。下手側舞台袖に通じる出入り口から、腰のガチ袋をがちゃがちゃ言わせて走ってきたのは、大道具担当のりかぽんだった。

「大変なことがぁー」

「なんだ、どうした」

美咲より先に反応したのは、早乙女先輩だった。

「とにかく、下手袖に来てください」

りかぽんについて、ダッシュを始める。ちらりと振り返ると、ウーパールーパー水田さんは親指をぐっと立て、美咲たちを見送っていた。

6.

舞台上では西野先輩演じる清瀬◎と、辻本くん演じる仙人との二人芝居が繰り広げられている。敵である英〒が自分の弟ではないかと悩む西野先輩の迫真の演技を、仙人が落ち着いて受け止める。動と静のコントラストがストーリーにメリハリを生む、大事なシーンだ。

その舞台から漏れる照明の明かりの中、袖の平台の上には、一体のぬいぐるみが横たえられている。

ぬいぐるみの腹は横一文字に裂かれ、中からは臓物代わりのクッションと、ダンボール箱が見えており、あろうことか皮膚のピンクの布も、臓物のクッションも血まみれだった。

この惨殺《ざんさつ》ぬいぐるみ死体は、茗荷大御神。茗荷谷一刀斎が操る物の怪で、ミョウガの雨を降らせて人の記憶を消すという力を持つ。『白柚子姫と五人の忍者』の中では重要な役を担《にな》う小道具なのだった。

無残な姿のそれを囲んでいるのは、出番待ちの白柚子姫役・我妻くんと、英〒役・荻原先輩、それに出番を終えた氷川《ひかわ》権九郎兵衛《ごんくろうべえ》かぼす役の小幡《おばた》先輩だ。下手舞台監督代理のまい先輩は少し離れた位置で壁に手を突き、天井を見上げている。鼻にはティッシュ。

……また、鼻血が出てしまったようだ。茗荷大御神についている血は、まい先輩のものだろう。

「どうしたの、これ」

「さっき、移動させようとしたんです。そしたら、その人形……」

りかぽんが言った「人形」というのは茗荷大御神のことではなく、書き割りなどを立てるための支えとなる舞台装置のことだ。見ると、その一つが壊れかかっており、釘《くぎ》がにょきっと突き出ていた。これはどこかの学校のものではなく、この劇場に備え付けられている大道具だと思われる。釘が出たまま放っておいたのは劇場側の不注意だけれど、それに引っかけてしまったのはこちらの不注意だ。

「ごめんなさい。どうしましょう」

「どうしましょうって言ったって、このまま舞台に出すわけにはいかないだろう。破れた個所の修理はできたとしても、このグロテスクな血はどうしようもない」

「そうですよね……」

「ごめんね、粘膜弱くて」

まい先輩が謝った。

「こうなったら、マイムしかないんじゃないか」

しょげ返るりかぽんを見かねて口を挟んだのは、荻原先輩だ。

マイムというのはつまり、パントマイムのこと。茗荷大御神そのものは舞台には出さず、そこに出てきているという体で、茗荷谷一刀斎ならびに他の出演者たちが演技をするというのだ。

「ぶっつけ本番でそんなこと、できます？」

美咲は恐る恐る聞いた。

「やるしかないだろう」

「ありえない」

荻原先輩の提案を否定する、早乙女先輩。

「茗荷谷一刀斎の『茗荷忘忘術』のシーンはこの舞台の見せどころのひとつだ。茗荷大御神を使わずにやるなんてありえない」

美咲は嫌な予感がした。また、帰るなんて言い出すのじゃないだろうか。

しかし、早乙女先輩の行動は違った。

「美咲くん」

「はい？」

「茗荷大御神登場のシーンまで、あとどれくらいだ？」

美咲はとっさに舞台を見る。西野先輩と辻本くんの真面目《まじめ》な掛け合い。

『お前は、自分の弟を、手にかけるつもりか』

『自分の弟なればこそ』

『何？』

『自分の弟なればこそ、悪の道から救ってやらなければならぬ』

手元のストップウォッチは24：09。美咲は頭の中で、台本をめくる。兵藤くんがずぶ濡れになったことによる遅れは、次第に取り戻されてきた。このあと二分ほどで、仙人はハケ、清瀬◎の枕元《まくらもと》に白柚子姫が立つシーンとなる。茗荷大御神の登場シーンはその次のシーンの半ばだ。

「あと十一分くらいです」

「それだけあれば十分だ。添田《そえだ》くん」

「はい……」

しょげ返っているりかぽんが顔を上げた。

「君が責任を取るんだ」

「どどど、どうやってですかぁ?」

「まず、ガチ袋を外せ」

そして早乙女先輩は、壁際で鼻血を止めようと必死になっているまい先輩のほうを向いた。

「八塚《やつか》」

「なに?」

「布、余ってるって言ってたよな。あれ、持ってきてくれ」

「え、今?」

「今だ。あと、メイク道具も」

美咲の中に、ついさっきとは別の不安が頭をもたげてきた。

「ちょっと早乙女先輩、いったいどういうつもりです？」

「心配するな美咲くん。君は舞台監督の役を全うしろ。八塚の代わりに我妻にQを出したら、上手に戻れ」

本番の舞台裏は舞台監督に任されているはずなのに……。でも、早乙女先輩に振り回されるのはいつものことだ。それより、早乙女先輩がやる気を取り戻してくれてきたことが、嬉しく感じる。

……いや、やる気があるのは当たり前だ、本番中なのだから。なんでこんなことに嬉しくならなきゃいけないのか。時間差で腹が立ってきた。

「美咲くん、いいな」

早乙女先輩は確認するように言う。この人、本当に勝手なんだから。

7.

「動くなっての」

上手袖に戻ると、みど先輩が時任くんの足元にしゃがんで何かをやっているところだった。銀光金剛役の石田《いしだ》くんが、小型の懐中電灯でそれを照らしている。

「すみません……」

忍者の衣装は独特だ。袴《はかま》を足首にひもで括《くく》り付けていなければならないのだけれど、舞台で激しい動きをしているうちにそれがほどけてしまったようだ。

本番中は予期せぬことがいろいろ起こる。もう、葉隠狂刻の足元のひもなんて、小さなことに思える。

「美咲先輩」

錦野《にしきの》くんが不安げな顔をして近づいてきた。

「どうなったんですか、早乙女先輩のパクリ疑惑」

「ああ。大丈夫だよ」

美咲は笑顔を作った。

本当は全然大丈夫じゃない。でもとにかく、キャストたちには演技に集中してもらいたい。スタッフの抱えている不安なんて、後回しだ。

美咲は表情を隠すように、舞台のほうを向いた。さっき下手でQを出したばかりの我妻くんと西野先輩が、おぼろげな青い照明の中で、芝居をしていた。

＊

美咲が下手で彼らにQを出したあとのことだ。

鼻を押さえながら、まい先輩が楽屋からクリーム色の布を持ってきて、早乙女先輩の指示で何かが始まった。美咲はそれを横目に、上手袖に戻るべく、舞台裏廊下に出た。

するとサボテンの書き割りの脇を通るときに、ぬっと黄金色の影に阻まれた。

「コモエスタ、セニョリータ・イケタニ！」

「わっ」

ウーパールーパー水田さん。さっきと違って、ソンブレロまで被っている。そして、さっきと比べてテンションが高い。衣装はキャストの人格を変える。

「いやー、タイツ越しでもスクロールって、できるもんですね」

左手にスマートフォンを持ち、右手でスクロールして見せてくる。

「何やってんですか。ちょっと、どいてください」

「あっ、ちょっと待って。スマホで調べたんですよ、王ラグナクのこと」

「えっ？」

美咲の足は止まった。

「残念ながら電話番号は載っていなかったんですがね」

水田さんは説明する。

「劇団王ラグナクは三年前から活動しています。問題の『ニジュウマル〜忘却の忍び〜』はその旗揚げ公演作ということです」

知っている情報ばかりだ。

「で、その後、キャストを変えて何回かくりかえし上演されているみたいですね」

水田さんの見せてくれたスマホ画面には、「過去の上演実績」というページが表示され、たしかにそう書いてあった。でもそれ以外にめぼしい情報は……、

「あれ？」

美咲の目は、別の上演演目を捉《とら》えた。

「どうしたの？」

水田さんが聞いてくる。

美咲の気を引いたその演目のタイトルは『二匹のカンガルーと最良に死ぬ方法』というものだった。どこかで聞いたことがある。

「……あっ！」

思い出した。

それは七月、美咲がまだ演劇部に入りたてで、舞台監督という言葉の意味すらわから

なかったころのことだ。夜の学校に立てこもって脚本に悩んでいる早乙女先輩に向かい、美咲は「どうして演劇を始めたのか」という質問をぶつけたのだった。先輩は中学生のころ、突然死のうと思ったことがあると答えた。そして死ぬ理由を探すため、電車に乗り、降りたこともない駅で降り、そこで偶然渡されたパンフレットを見て誘われるままに小劇場へ入り、その上演作品を観て、「もったいない」と思ったのだそうだ。

先輩はあの夜言った。

――こんな風に、「もったいない」ものを作りたい。

また、こんなことも言った。

――芝居は過ぎてしまったらもうそこにはない。芝居は、演劇ってのはな、本質的に「もったいない」存在なんだよ。

この言葉に美咲は心を摑《つか》まれ、演劇部にのめりこんでいったと言ってもいい。ところが今、この思い出は別の意味を美咲に突き付けてきた。

『二匹のカンガルーと最良に死ぬ方法』。

それは、若き日の早乙女先輩が知らない駅で降りて観た芝居のタイトルなのだ。早乙女先輩の運命を変えたその芝居は、劇団王ラグナクのものだったのだ！

きっと早乙女先輩は、そのあとも何回か王ラグナクの舞台を観に行ったに違いない。『ニジュウマル～忘却の忍び～』は、三年前から何回かリバイバルされているという。

早乙女先輩はそれも観たんじゃないだろうか。ということは、やっぱり……？

「あああ……あああ……」

美咲は両手で頭を抱えた。エイリアンに体を乗っ取られた人間のようなしぐさであることに、自分でも気づいていた。

「どうしたの？」

ウーパールーパーが、スマホを突き出し訊いてくる。

「すみません、またあとで！」

美咲は逃げるように上手袖へ走る。戻ってきた早乙女先輩への信頼が、また崩れそうだった。

早乙女先輩がパクリ？　いや、百歩譲ってパクリなのは認めざるを得ないとしても、どうしてそれをまるで、自分のオリジナル脚本であるかのようにふるまってきたの？

この三か月、演劇部員たちを騙《だま》してきたの？

——たった一秒知らない誰かを笑わせるために、百時間でも千時間でも悩み抜く。それが、エンターテインメントってもんだろう！

あの、夜の教室での出来事はいったい何だったのだろう。

清瀬◎と白柚子姫のシーンが終わり、暗転。二人はハケてくる。暗転中のＢＧＭがかかる。

　舞台監督がいくらもやもやを抱えていても、一度幕の開いた芝居は止まることはない。美咲は下手で起こっていることを手早くみんなに伝え、キャストたちに指示を出していく。みど先輩と西野先輩が、城の中であることを示す大道具の書き割りを運ぶ。上手袖からは小幡先輩によって、行李《こうり》を模した大道具が舞台中央へ運ばれる。その中には本来、茗荷大御神のぬいぐるみが入っているはずだったけれど、さっきの騒動でぬいぐるみはなしだ。

　忍者のキャストたちは退場せず、そのまま板付き。

　暗転BGMがF《フェイド》・O《アウト》し、同時に地明かりがF《フェイド》・I《イン》。

『なあ、〒よ、それは間違いないのか』

　銀光金剛のセリフで、一同は芝居を開始する。ストップウォッチを見る。28：08。

少し押しているくらいか。

「美咲くん」

「うえゎ」

　急に声をかけられ、おかしな声が出てしまった。早乙女先輩がすぐ後ろに立っていた。

「先輩、上手《こっち》に戻ってきたんですか」

「ああ」

なんだか気まずい。すぐ後ろに控えている西野先輩も、みど先輩も、何も言わない。早乙女先輩の盗作疑惑のことを気にしながらも、今は舞台に集中しなければ、という思いが強いのだ。

そのまま数分、舞台上の芝居を見ている時間が過ぎた。

先ほど剣を交えた相手は幼いころに生き別れになった自分の兄ではないかと言い出す〒を、なんとかなだめようとする白柚子姫の部下の忍者たち。苦悩する〒。そのとき、忍者の中の最年長、茗荷谷一刀斎が立ち上がるのである。

『ふぁ〜。どれ、忘れさせてやるかの』

『一刀斎。お主、まさか……』

『ああ。あやつを召喚するのには、茗荷電子を酷使する。老体にはきついわい。しかし、他ならぬ仲間を助けるためとあっては、やらぬわけにはいかぬだろう』

舞台中央から少し下手側に外れた位置で両手を天に挙げる。茗荷谷一刀斎の見せ場だ。

『天に雲、地に土、そして人の世に茗荷あり。忘却をほしいままにする、愛《いと》し歯ごたえと、拭《ぬぐ》いがたき風味。忘れたとは言わせても、よもや覚えているとは言わせまい。はっ!』

手をゆっくりと変な形に回す。

『召喚じゃ! 茗荷大御神!』

照明にピンク色が差し、水玉の影のエフェクトがかかる。ぽわぽわぽわぽわという不思議な音に、周囲の四人の忍者はクリオネが水中を舞うような動きをする。

その直後だった。

『みょーう、みょーう』

不思議な声を出しながら、下手からクリーム色の影が登場した。舞台上の五人がそちらを注目する。客席から、どっと笑い声が漏れる。

『みょーう、みょーう』

クリーム色と臙脂色《えんじいろ》の布をまとっているので、ミョウガっぽくないこともない。顔を白塗りにしてほっぺたには真っ赤な丸。髪の毛にはピンクのゴムでちょんまげが結われている。茗荷大御神……、りかぽんだった。

『みょーう、みょーう』

暗転中にこのことは伝えたとはいえ、下手で待機していた荻原先輩以外の四人は面食らったような顔をしていた。

「何あれ……」

上手袖でほっぺたに手を当てたまま言葉を失っているのは、みど先輩だ。

そりゃそうだ。だってりかぽんは、スタッフ。本来は舞台に上がっているところを客席に気付かれてはいけない存在だ。

『みょーう、みょーう』

ゆっくりと舞台中央に歩み出て、『みょーう、みょーう、みょーうがー』と叫ぶと、行李の上にちょこんと腰を下ろした。

「なかなかだな」

美咲の横でそれを見据える早乙女先輩は、納得しているような口ぶりだった。

「ちょっと早乙女、あんなことしていいの？」

りかぽんを舞台に立たせると聞いたとき、美咲も驚いた。しかし、早乙女先輩は妙にやる気満々だったし、もう止められなかった。

「背に腹は代えられん。それに、実は四月に添田くんが入部してきたとき、茗荷大御神のイメージにぴったりの子が入ってきたと思ったんだ」

「何言ってんだか、こいつ」

みど先輩はあきれ顔で舞台を見ていたが、

『みょーう！』

りかぽんがノリノリなのを見て、ぷっと吹き出した。

『よくぞ現れたの、茗荷大御神』

兵藤くんが大声を張り上げる。他の四人も乗っかった。

『おお、これが……』

『これが茗荷大御神』

りかぽんは行李に座ったまま『みょーうがー、みょーう』とまだブツブツ言っている。

『よいか、茗荷大御神』

『みょーう』

『よもや、覚えているとは言わせぬ。英〒よ、兄のことを忘れるのだ！』

兵藤くんの妙な振りつけ。背後でりかぽんもそれに合わせて手を動かす。それは、あたかもみっちり練習をやりこんだかのようにばっちりと息の合ったタイミングだった。客席からは思わずといったように拍手が漏れ聞こえる。

腕を組み、その芝居を見ている早乙女先輩の横顔を見て、美咲は自分の推理を告げることを決意した。

「早乙女先輩」

「ん？」

「ちょっと、こっちへ来てもらっていいですか？」

先輩を、舞台裏廊下の出入り口である扉のあたりまで連れていく。

「ちょっと」

みど先輩と西野先輩が追いかけてきた。

「あんたたち、演出と舞台監督なんだからね」

「あんまりチョロチョロ出入りするなよ」

「わかっていますが、ちょっとだけ」

「大事な話なの？　だったら私たちも聞く」

どうしよう。……いや、やっぱりこの二人にも聞いておいてもらったほうがいい。美咲は決意した。

8.

美咲は自分の達した結論について話した。『二匹のカンガルーと最良に死ぬ方法』に感化された先輩は、王ラグナクの『ニジュウマル～忘却の忍び～』を見たのではないか。それをもとに『白柚子姫と六人の忍者』を書き上げたのではないか。

みど先輩と西野先輩が、早乙女先輩の反応を見ている。

早乙女先輩はしばらく黙っていたが、

「それが美咲くんの答えか」

と言った。

「はい……」

残念ながら、もう疑いようがない。

「実は俺な、君に嘘をついていた」

先輩は、罪の告白をするようにぽつりと言った。

「中学生のとき、『二匹のカンガルーと最良に死ぬ方法』を観た日のことだ」

「はい」

「死ぬ理由を探していたのは本当だ。だが、電車に乗ってむやみやたらに知らない駅で降りて、というくだり。あれは嘘だ」

先輩は頰のあたりを掻《か》いた。

「偶然に入った芝居小屋の芝居を観て、というストーリーのほうが運命的な気がして嘘をついてしまった。本当は、友人の兄貴に連れて行ってもらったんだ」

「友人の兄？　あんたに友人なんていたの？」

早乙女先輩はきっとみど先輩をにらみつけた。

「いたにきまっているだろう。小学校時代からの桐原《きりはら》っていう友人で、一緒にバスケやサッカーをしたり、お互いの家で人生ゲームをしたり漫画を描いたりしていたんだ。あいつの家に行ったときには、兄貴にもよく遊んでもらった」

「わかったから」

西野先輩が少しじれったそうに言った。

「先を話せ」

「ああ。中学に入ってからはお互いの家では遊ばなくなったんだが、俺が死ぬ理由を探して日々過ごしていた中二のある日、桐原の兄貴が訪ねてきたんだ。実は彼は観劇が趣味でな。俺の様子がおかしいのを桐原から聞いたのか、連れ出してくれたんだ。汚い、小屋みたいな劇場でな、埃《ほこり》臭くて、板を置いただけの、尻《しり》が痛くなる客席でな。客は俺たちの他に二人しかいなかった。目の前のレゲエ風の客が、タバコ臭くてな」

早乙女先輩の口がほころぶ。先輩の笑顔を久しぶりに見た気がする。

「その舞台が『二匹のカンガルーと最良に死ぬ方法』ですね」

早乙女先輩はうなずいた。

「面白かったんですよね、すっごく」

「すっごくなんていうもんじゃない。死ぬ理由を探していた俺に、生きる理由を突き付けてきやがったんだ」

あの夜の教室でも、早乙女先輩は同じことを言っていた。

「芝居がハネた後、演者たちにものすごくお礼を言われたよ。二十歳を過ぎた、下手すりゃ三十も過ぎた大人たちが、俺みたいな中学生に、何度も何度も頭を下げてな」

よっぽど嬉しかったんだろう。……王ラグナクって、そんなに人気のない劇団だったんだろうかという疑問はあったけれど、美咲はうなずいた。

早乙女先輩はしばらく何かを考えていたが、ふっと息を吐いた。

「俺は下條先生の言うとおりにしようと思う。上演が終わったあと、原作者と原作タイトルをアナウンスしてもらおう」

「それって、認めるっていうことですよね」

早乙女先輩はゆっくりとうなずいた。しばらく、諦《あきら》めのような沈黙が流れた。

「……いいよ」

肩の荷を下ろすというように、みど先輩が言った。

「パクリでもなんでもいいよ。ね、西野」

すると西野先輩はうなずいた。

「俺たちが一生懸命作り上げてきたことには変わりない。池谷も、そう思うだろ？」

「え、あ」

二人があまりにあっさり許したので、美咲は肩透かしを食らったようになった。だけど、一生懸命作り上げてきたことに変わりがないというのは、美咲だって自信を持って言える。

「それにどのみち、今日が最後になるかもしれないんだからな」

西野先輩のその言葉に、美咲は心臓を摑まれたようになる。そうだ。この上演で、このメンバーでは最後になるかもしれないんだ。

お互いの顔を見る。言葉はいらなかった。

「美咲ちゃん、次のシーンのスタンバイ、そろそろじゃない？」

「え、ああ」

ストップウォッチを見る。44：05。いよいよ、大詰めだ。

「じゃあ最後までよろしくお願いします」

そう言って、舞台袖まで戻ろうとした、そのときだった。

舞台裏廊下へと通じる扉が開いた。みんな一斉に、そちらのほうを向く。

「あの、ごめんなさい」

顔をのぞかせたのは、愛ちゃんだ。

「池谷さん、ちょっといいですか？」

「え、私？」

「はい。外で、実行委員の人が、どうしても話したいらしくて」

どういうことだろう？

早乙女先輩の顔を見ると、「行って来い」と言っているようだった。美咲は頭を下げ、廊下へ出た。

9.

「もーう、水くさいな美咲ちゃんは」

ばしっと美咲の二の腕をたたく。セーラー服に長い髪。黒のニーハイソックスが、白い太ももを強調する。

都立鳥が丘高校演劇部の脚本兼舞台監督、三上《みかみ》さんだった。

彼女は今日も実行委員会の手伝いをしている。さっきまでは忙しかったけれど急遽《きゆうきよ》時間が空いたので舞台裏からでも駒川台高校の演目を見られたらと、廊下へ来てみると、黄金色のウーパールーパーが難しい顔をしながらスマホをいじっているところに出くわしたのだそうだ。

「王ラグナクといったら、私でしょ」

三上さんは昨年から王ラグナクのファンであり、ここ一年の芝居は見ているという。

「『ニジュウマル～忘却の忍び～』ね。見たことはないけれど、旗揚げ公演作ってのは知ってる。そう。その脚本と似てるの？」

「そうらしいです……」

「でもおかしいな」

三上さんは腕を組んで首をひねった。

「前に予備校で、王ラグナクの話をしたとき、早乙女くん、全然ピンときてなかったよ」

「えっ？」

「たぶん、知らないんじゃないかな。王ラグナクのこと」

「いや、だって先輩が演劇を始めたのは、中学二年生のころに、王ラグナクの舞台を見たのがきっかけですよ」

美咲は言い返す。すると水田さんが「それはおかしいですね」と口を挟んだ。

「早乙女くんが中二って言ったら、四年前。王ラグナクはまだなかったはずですよ」

「え？　……ああっ」

どうして気付かなかったのだろう。王ラグナクの旗揚げ公演は三年前。計算が合わない。

「ねえ、美咲ちゃん、早乙女くんがそのとき見た演劇、なんていうタイトル？」

「えっと、『二匹のカンガルーと最良に死ぬ方法』です」

三上さんは「ああ」と手を打った。

「それはね、もともと王ラグナクの演目じゃないんだ」

「えっ？」

「脚本の荒日陸さんが前に所属していた、戦艦ぬらりひょんっていう劇団のもので、王ラグナクになってから再演したんだよ」

　またわけのわからない劇団が出てきた……。

だけど、先ほどの小さな疑問には答えが出た。王ラグナクの舞台なら、お客が四人というこ とはなさそうだ。先輩の見た、『二匹のカンガルーと最良に死ぬ方法』は、王ラグナクのものじゃなくて、戦艦ぬらりひょんのものだったのだ。

「荒日さんはその脚本を気に入っててね。戦艦ぬらりひょんが解散して、荒日さんが新しい劇団を立ち上げるときに新劇団名の由来になったんだって」

「『二匹のカンガルーと最良に死ぬ方法』が、王ラグナクの由来？　どういうことですか？」

　頬のビラビラをいじりながら、水田さんが疑問を口にした。

「よくある変換方法。『カンガルー』を英語で書いて、ひっくり返したの」

『ｋａｎｇａｒｏｏ』↓『ｏｏｒａｇｎａｋ』↓『おおらぐなく』↓『王ラグナク』ということだ。

「なるほど」

　水田さんが、やけに感心したような声を出す。劇団名の由来がわかったところで、それはどうでもいいことだけど。

「でも結局、『ニジュウマル〜忘却の忍び〜』は荒日さんが書いた脚本というのは間違いないんですよね」

「うん。まあそれももともと、ぬらりひょん時代に書かれた『忍び』っていう作品をもとにしているらしいけどね」

……あれ？　ちょっと待って。美咲は自分の思いついたことの意外さに目を見張った。

ポケットからボールペンを取り出し、Qシートの隅にそれを書いて確認してみる。

鳥肌が立った。まさか……そんなことが……。いや、でも、ありうる。

客席は見せられたものをそのまま受け入れる。だけど舞台裏では、もっといろんなことが起こっているのだ。

「そういえば荒日さんは高校演劇が好きらしくてね」

三上さんは話し続けている。

「今日も客席に来ているはずだよ」

「えっ」

美咲は三上さんの顔を見た。

「あの、三上さん」

「ん？」

「本番が終わる前に、荒日さんをここに連れてきてもらうことはできませんか？」

「なにっ？」

三上さんは右手の甲を口元に当て、一歩後ずさるという、わざとらしいリアクションを見せた。ああ、演劇部。

「池谷さん、それはいくらなんでも非常識じゃ……」

水田さんが大人な意見を挟むが、その恰好はどう見ても常識的とはいえないウーパールーパー仕様。ああ、演劇部。

「無理は承知です。でも、早乙女先輩の無実を……」

「いいよ、やってみる」

三上さんはうなずいた。

「私も気になるもん。ことの真相が」

「美咲ちゃん」

上手袖に通じる扉が開き、みど先輩が顔をのぞかせていた。

「そろそろ次だよ」

「はい。すみません」

三上さんはすでにくるりと身をひるがえし、客席に向けて走り去っていた。

10.

舞台上では、忍者たちの丁々発止の戦いが繰り広げられている。

照明は、地明かり暗めで、ホリゾントは赤。BGMは文化祭公演のときとは違い、ジュリアが地区大会用に必死に探してきた洋楽だ。アイスランドの何とかというバンドのもので、忍者たちの斬《き》り合いというシーンに、アイスランド語のマグマの滾《たぎ》るような情熱と、透明感・悲壮感の同居している音楽が妙にマッチしており、演じているキャストたちにもエネルギーが漲《みなぎ》っている。『白柚子姫と五人の忍者』ラスト十分のクライマックスシーン。ここは舞台袖で見ている美咲も思わず舞台監督の立場を忘れて見入ってしまいたくなるのだった。

美咲はちらりと、早乙女先輩の顔を見る。舞台の照明に赤く照らされたその表情は、満足げだった。

――忍びの斬り合いにアイスランド語を合わせるというのは、川島くんならではのセンスだな。

ジュリアがBGMを提案してきたとき、早乙女先輩はそう言っていた。

一つの舞台を作り上げる過程では、それに携わるキャスト・スタッフが、それぞれのセンスに基づいた様々なアイデアを出し合う。それらがぶつかり、調和し、舞台が出来上がっていく。舞台には、それに関わった人間たちのセンスが溶け合っているのだ。だから、同じ舞台は二つとない。すべての舞台は、そのメンバー構成でしか作れなかったものだからだ。

美咲は強く願った。やっぱりこの舞台の脚本は、早乙女先輩のオリジナルでなければならないと。早乙女先輩のぐちゃぐちゃの脳から、オリーブオイルのように一滴一滴大事に搾られた、百パーセントまじりっけなし、メイドイン早乙女の脚本でなければならないと。

やがて斬り合いのシーンは終わり、忍者たちはハケる。四人の忍者は下手に。そして美咲の待つ上手に帰ってくるのは、主人公、清瀬◎を演じる、西野俊治先輩だった。

「池谷、いま何分？」

西野先輩は、客席に見えない位置に入るなり、美咲に尋ねた。

美咲はストップウォッチを見る。51：11。

「あと八分以上あります」

「そう」

西野先輩は息が上がっていた。舞台を広く使った、迫力ある演技だ。本番は照明もあるし、客席の熱気もあるから、稽古の時とは同じ運動量でも消耗が違う。

「あと、ラストシーンですね」

美咲が声をかけると、西野先輩は親指を立てて笑顔を見せてくれた。

「美咲ちゃん」

背後から声がする。

三上さんが来ていた。その後ろに、下條先生と愛ちゃん、さらに、フェルト地のジャケットを着た細身の青年がいる。……間に合った。

「ちょっと、何ですか」

みど先輩が目を吊《つ》り上げた。

「もう少しでラストシーンなんで」

「だから呼んだんです」

美咲はみど先輩の前に出る。

「どういうこと？」

「この脚本がオリジナルであることを、証明するために」

早乙女先輩を見ると、先輩は目をそらした。

その先輩のほうへ近づいていく影がある。突然登場した、フェルト地のジャケットの彼だ。

先輩の肩をたたくと、彼は先輩を振り向かせた。

「早乙女くん、久しぶりだな」

先輩は「ああ……」と気のない返事をした。

「覚えているだろう。桐原だ」

やっぱり。……美咲は三上さんのほうを見た。三上さんは右手でＯＫサインのようなものを作ると、「じゃあ私はこれで。本番の舞台裏は、ブタカンのものだから」と小声で言って、去って行った。

余計なことを、とでも言いたげに美咲をにらみつける早乙女先輩。

ストップウォッチは５１：５４。

ラストシーンに向けて芝居が進む中、上手袖でようやく真相が明らかになる時が来た。

＊

そもそもの始まりは六年前、早乙女先輩がまだ小学校六年生のころのことだった。お絵かき少年だった先輩は仲の良い友人の桐原孝彦《たかひこ》くんの家に遊びに行っては、自由帳に落書きをしあって遊んでいた。

早乙女少年はそのころ、忍者にはまっており、オリジナルの忍術を操る忍者を描いては、桐原くんに自慢げに見せていた。そんなある日、桐原くんの年の離れたお兄さんが、二人が遊んでいるところに入ってきて、早乙女少年の自由帳を見た。そこに描かれたキャラクターの数々に、彼の創作脳は大いに刺激された。

実はこのとき、桐原くんのお兄さん、光之《みつゆき》さんは学生劇団・戦艦ぬらりひょんの脚本を担当していた。ところがまったくアイデアが浮かばず、苦しんでいたのだ。桐原さんは早乙女少年の作ったキャラクターにインスピレーションを得た。そして、一晩自由帳を借り、自らの脚本の土台を作ったのだ。

こうして生まれ、翌年に上演されたのが、『忍び』である。アイデアの源である早乙女少年には内緒で、これは上演された。残念ながらこの舞台は、あまり観客を動員することができず、戦艦ぬらりひょんは翌年の舞台を最後に解散することが決まった。

桐原さんは半ばやけっぱちで、解散公演の脚本を書き上げた。これが『二匹のカンガルーと最良に死ぬ方法』だったのである。時を同じくして、早乙女少年が思い悩んでいると中二になっていた弟から聞いた桐原さんは、一度アイデアを借りたことへの贖罪《しょくざい》の意味も込め、早乙女少年を観劇に連れ出した。自分の所属劇団と言わなかったのは、どこか恥ずかしかったからだという。観客はほとんどいなかったが、早乙女少年の心を打ち抜いたのは美咲も知っている通りだった。

「その後、劇団はどうなったんですか」

早乙女先輩がぽつりと訊いた。

「それがね、君と同じ日に客席にいた、レゲエ風の恰好のお客さん、覚えてるか？」

「ああ。よく覚えていますよ。あの日の舞台、客は俺たちを含めて四人しかいなかったから」

「彼、佐々山リョウといってね、新しく仲間と劇団を立ち上げようとしていたんだ。あの舞台を見て俺に興味を持ってくれて、結局一緒に新たなスタートを切ることになった。運命となった出会いの舞台にちなんで『ｋａｎｇａｒｏｏ』を逆さにした『王ラグナク』という劇団名にして。俺も、同じ方法でペンネームを変えたんだよ」

「同じ方法？」

首をひねる早乙女先輩に向かって、美咲は手に持っていたＱシートを見せた。

『桐原』→『ＫＩＲＩＨＡＲＡ』→『ＡＲＡＨＩＲＩＫ』→『あらひりく』→『荒日陸』

「なるほどな」

この状況下で、早乙女先輩は妙に感心していた。

「相棒の佐々山は、宣伝広告が達者でね、王ラグナクになってからの人気はぬらりひょん時代からはくらべものにならないくらいになった」

「ちょっと待ってください」

桐原さんの告白を遮るように突然入ってきたのは、錦野くんだった。

「じゃあ、この『白柚子姫と五人の忍者』は、正真正銘、早乙女先輩のオリジナルだっていうことですよね」

「だから初めからそう言ってるだろう」

仏頂面《ぶっちょうづら》をする早乙女先輩。

小学校六年生時の早乙女少年が自由帳に書き散らした忍者たちは、一方で桐原光之さんが脚本化し、後に王ラグナクの旗揚げ公演作になった。もう一方で早乙女先輩の脳内に居座り続け、今年の夏、夜の教室で脚本化され、今まさに演じられているのだ。

そういえばさっき早乙女先輩は、りかぽんが入部してきたときに「茗荷大御神のイメージにぴったりの子が入ってきたと思った」と言っていた。先輩の脳内にオリジナルの茗荷大御神がいた証拠だ。いや、もしかしたらこの脚本を書くきっかけになったのは、りかぽんだったと言ってもいいのかもしれない。

「あんた、この真相に気付いてたの？」

みど先輩が早乙女先輩に訊く。

「ああ。さっき、美咲くんが、『二匹のカンガルーと最良に死ぬ方法』のことをもとに推理を披露したときにな。あの日、俺があんなにお礼を言われたのは、舞台を見に来たからじゃなくて、脚本のアイデアを桐原さんに与えたことが理由だったたんじゃないかって」

「じゃあなんで、自分のだと主張しないで、最後にアナウンスするなんて言い出すのよ。支離滅裂でしょ」

「みど先輩。あんまり大きな声を出すと、舞台に漏れます」

美咲は止めた。

「早乙女先輩は、王ラグナクと、荒日陸さんに迷惑をかけたくなかったんですよ。ね」

先輩のほうを振り向くと、ばつが悪そうに顔をそむけた。

「どういうことよ」

「『白柚子姫と五人の忍者』が早乙女先輩のオリジナルだという真実が明るみになってしまったら、『ニジュウマル～忘却の忍び～』のほうがパクリ、しかも小学生のアイデアをもとにした脚本ってことになってしまう。劇団にとっていいことじゃありません」

「でも、それが真実なんだから」

「早乙女先輩が演劇にのめりこんだのは、桐原さんの『二匹のカンガルーと最良に死ぬ方法』がきっかけなんですよ。自分を演劇の道に引きずり込んでくれた人に迷惑をかけるくらいなら、この真実は引っ込めてしまおう。先輩は、そう考えたんですよ」

早乙女先輩は何も言わない。しかしその沈黙こそ、何よりの肯定の証《あかし》だった。

「悪かった」

桐原さんが頭を下げた。

「君が名乗り出ないのをいいことに、『ニジュウマル〜忘却の忍び〜』にオリジナルのアイデアがあることをずっと黙っていた我々のほうが悪い」

「いや、いいですよ」

早乙女先輩は手を振る。

「いいことはない。今日、受付でパンフレットをもらって、タイトルと脚本を書いた君の名前を見た時点で俺はすべてに気付いたよ。もし、君がこれをきっかけに自分のアイデアを盗まれたと主張してきたら、劇団の脚本家として白を切りとおそうかとまで思った。だけど、客席で見せてもらっているうち、俺はいかに自分が小さい考えにとらわれていたかがわかった」

そして桐原さんは、早乙女先輩の顔を見た。

「演者たちの生き生きとしたかけあい。手作りの書き割り。やけに工夫の行き届いた照明・音響。……まあ、忍者たちのアドリブには照れがあったし、茗荷大御神の女の子は稽古不足だと思ったけれど」

いや、その二つはアクシデントなんだけど……美咲は黙っている。みんなも黙っている。観客にとっては、本番で見せられたものがすべてなのだ。

「スタッフと演者が信頼し合っているのが伝わってきた。お金をもらわないのにこれだけ信頼し合えるのはなぜか。この舞台を作っている全員が、早乙女くんの脚本を愛しているからだよ」

桐原さんの言葉にはいちいち、熱いものがこもっている。

「先生」

桐原さんは下條先生のほうを振り向く。

「もし許していただけるなら、上演後、私のほうからアナウンスさせていただけないでしょうか」

「ん？」

「今の脚本が王ラグナクの作品を下敷きにしたものだと思っている観客の方々もいらっしゃるだろうが、実は王ラグナクの『ニジュウマル～忘却の忍び～』のほうが、今の脚本を下敷きにしたものだ、と」

劇団の脚本家自ら、それをアナウンスするということだ。あまりの事態に、美咲は思わず姿勢を正す。

「別にそこまでしてくれなくても……」

あのみど先輩までも及び腰になった。

「いいえ、これはやらせてもらう。いいでしょう、下條先生」

「まあ、桐原くんに言われたら、仕方ないかな」

下條先生までも渋々うなずいた。桐原さんも高校時代は演劇部で、地区大会から東京都大会にまで進出した輝かしい経験を持つそうだ。その後、自分で劇団を作って活躍している彼のことを、下條先生は誇らしく思っているようだった。

「やれやれ。こんな本番は初めてだよ」

あの、ライオンのような威圧感がまったくなかった。そりゃ、こんなことは初めてだろう。とにかく、いろいろあったけれど収拾した……と、気を抜きそうになった。

「池谷」

厳しい口調で声がかけられる。西野先輩だった。

「そろそろラストシーンだ」

「あ……ああっ」

美咲は慌てて袖へ駆け寄る。荻原先輩と我妻くんのシーンが終わりを迎えようとしていた。

「残り時間は？」

西野先輩が耳元で聞いてきた。ストップウォッチに目を落とす。54：48。

「あと、五分十二秒です」

「よし」

気合を入れた西野先輩の凜々《りり》しい顔。

「プレッシャーだぜ」

舞台上の、〒と白柚子姫の真剣な掛け合いを見ながら、西野先輩はすでに、清瀬◎の顔になっていた。

「え？」

「単なる早乙女の脚本の主人公から、劇団上演作品の主人公のオリジナルに格上げされたんだぞ」

西野先輩は笑っていた。プレッシャーはキャストにとって、何千キロもの重荷にもなりうる。だけどその反面、本来以上の力を発揮する源にもなりうるのだ。今の西野先輩にとっては、明らかに後者だった。

「よろしくお願いします」

「おう」

ＢＧＭは一度大きくなり、清瀬◎登場のキッカケが訪れた。

11.

英〒と清瀬◎の対峙《たいじ》。

二人はすでに互いが兄弟であることを知っている。それでいて、兄を斬れと焚《た》き付ける白柚子姫。その、妖術《ようじゅつ》とも取れる強制力に動かされるように、〒は◎に襲い掛かる。

もう〒に兄の声は届かない。

激しい斬り合いの末、ついに◎は〒を斬り倒してしまう。

狂ったように笑い出す白柚子姫をも斬り伏せ、放心状態になる◎。

そのまま、白柚子姫に食べさせようとずっと持っていた、毒りんごを手にする。

『うおおぉぉ！』

大声で叫んで一気にかじりつく。しゃりっ、しゃりっという、悲しきSE《効果音》。

やがて◎は舞台に倒れ、動かなくなった。


舞台から、客席から、音が消える。


美咲はストップウォッチを見て安心した。

57：00。――ぴったり、時間どおりだ。あとちょうど三分残っている。ここからは、毎回必ずといっていいほど三分以内で終わる。

どたどたと下手から入ってくる四人。もちろん白柚子姫配下の忍者たちだ。

『ああ、間に合わなかったか』

銀光金剛が額に手を当て、嘆く。

『いや、まだ大丈夫です』

自信満々に言い放つのは葉隠狂刻だ。

葉隠は、ヤツデのうちわを天高く上げ、くるくると回転をはじめる。きゅるりんきゅるりん。逆回転のSE。時が巻き戻されて倒れていた◎が起き上がり、白柚子姫のもとへ。やがて白柚子姫も起き上がり、〒も起き上がる。白柚子姫は後ろ向きにハケていき、〒と◎の対峙のシーンに戻ったところで、葉隠、ストップモーション。

『ゆっくり寝ておれ葉隠よ。あとは拙者に任せよ』

ずいと前に出てきたのは、茗荷谷一刀斎だ。両手を天に掲げる。と同時に、下手からまた『みょーう、みょーう』と鳴きながら茗荷大御神が登場してきた。

茗荷谷一刀斎は手を組む。背後で茗荷大御神も同じ動きをする。

『よもや覚えているとは言わせまい。すべてのことは忘却の彼方へ。どなたさまもご注意あれ、晴れのち、茗荷注意報じゃ』

天高く手を挙げる。照明はピンク。がたがたがたとミョウガが降り注ぐ音とともに影が上から下へ落ちていく。

『わあぁっ！』

◎が頭を抱える。

——静寂。

舞台中央、◎が気を失っているのを、〒が眺めていた。

『こやつの記憶は失われた』

茗荷谷は言った。

『こやつと兄弟としてやり直すか否《いな》か。それはお主次第じゃ、〒よ』

周囲の四人を見回す〒。

『お主ら、なぜこんなことを……？』

『それは、あなたが友だからです』

葉隠が答えた。

『友？　忍びが主君の忠誠に背き、友を優先させるなど……。あってはならない。忍びはどうせ、明日には敵になってしまうかもしれないのだぞ』

『だからこそ』

銀光が答える。

『忍びの世界では、今日の友が明日は敵になることも珍しくはない。だからこそ友でいられる今日は、そなたのために力を尽くしたいではないか』

そのとき、◎が動き出す。

『頭が、頭が痛い……』

身を起こす◎。

その肩へ、〒が優しく手を置く。

『あなたは……あなたは、誰ですか？』

『私は……』

周囲の四人を見回す〒。

『あなたの友だちです』

『思い出せない。何も、何もかも……』

『いいんですよ、ゆっくり思い出していけば』

『俺は、俺は……』

舞台中央でなおも頭を抱える◎。それを見て、月影がつぶやいた。

『俺には、未来しか残されていない』

固めた声を、◎に投げつける月影。

『俺には、未来しか残されていない』

口にした瞬間、◎の目には生気が蘇る。飛び上がり、しっかりと二本足で立ち、空を見上げるのだ。

『残された未来に、進むしかない！』

他の忍者たちも、同じ方向を見る。やがて、ＢＧＭが大きくなっていく。

美咲は、緞帳《どんちょう》の「閉」ボタンを押す。ゆっくりと幕が下がる。客席から拍手が巻き起こる。

ストップウォッチに目を落とす。

01：00：00……。

鳴り止まない拍手が緞帳に遮られて静かになっていく中、美咲は心地よい疲労感を噛《か》み締めた。

振り返ると、みど先輩も早乙女先輩も、やりきった、という顔をしていた。

照明の熱、キャストたちの汗、舞台袖の埃と闇《やみ》のにおい。演劇部の一員としてここにいる今を、体のすべてで感じていた。

カーテンコール

病院の中庭の木立も、すっかり葉を落としている。落ち葉のはき分けられたプロムナードを、美咲は車椅子《くるまいす》を押して歩いている。

乗っているのは、ナナコだった。

彼女は手術の結果、病状がよくなっており、話ができるまでに回復していた。

「私も観たかったなあ、りかぽんの初舞台」

ナナコは笑っていた。一時期より血色はだいぶいい。言葉も、だいぶ聞きとりやすい。食事も、少しずつとれるようになってきているそうだ。きびなごはまだおあずけだけれど。

「ひょっとしてりかぽん、そのまま女優の道に？」

美咲はいやいや、とそれを否定した。

「結局、あれが理由で失格になってしまったわけだしね」

高校演劇部地区大会、第三地区の最終日。各校の上演が終わった後に、三人の審査員の講評があった。

駒川台高校演劇部の『白柚子姫と五人の忍者』の評価は、総じて高くなかった。まず一人目の女性審査員は、キャストが全員男子なのは珍しく、元気があってよいということを褒めたうえで「全体的に演技が荒いのが気になり、また、アドリブの多いことを否定するわけではないが、あまりにも演技とアドリブの差がはっきりしすぎていると、観客の気持ちが冷めてしまう」と評した。続く二人目の男性審査員は「全体的に連発するギャグの必要性が感じられない」と一刀両断。そこが早乙女先輩の脚本の持ち味なのに……と美咲は悔しく思ったが、「ギャグとユーモアは違う」「演劇とコントは違う」「お笑いというものは独りよがりになりがち」と厳しい言葉のオンパレード、ははては「自分たちが今高校生として何を訴えたいのか、それを考え抜き、もっと真剣に舞台作りに向き合って欲しい」と言われてしまった。三人目の舞台美術の審査員は「大道具が多い」と予想通りの言葉。さらに「場面転換に暗転を多用すると客が飽きてしまうので、もっと工夫して欲しかった」、音響に関しては「せっかく時代劇にSFのような要素をまぜた不思議な世界観なのだから、古臭いSEばかりではなく、もっと冒険してもよかったのでは」とのことだった。

『白柚子姫と五人の忍者』が劇団王ラグナクの脚本をもとにしたのでは？　という疑問は、演劇に詳しい観客の何人かが抱いたらしい。これに対して、偶然居合わせた（という体の）荒日陸さんが「実はこの早乙女くんのアイデアのほうが元である」とアナウンスしたことは、会場を大いに驚かせ、また沸かせもした。

しかし、これが評価点になることはもちろんない。むしろ駒川台高校演劇部の上演にはマイナス点が多く、それについては各校の講評が終わった後、下條先生から名指しで厳重注意をされてしまった。

「舞台上の演出で、水と火、それに食品を使ってはいけないというルールは事前に言っている。それを破ったばかりか、つじつま合わせのために事前に提出された台本の記載事項をまるで無視して、プランにない音響を本番でいきなり使うなど言語道断である」

「はあ、やっぱりね……」

美咲の横で、ジュリアがつぶやいた。

「あのおっさんの怒りそうなことだわ」

下條先生の説教は続いた。

「さらに信じられないことに同校は、事前に申請されていない人間を舞台に登場させるという暴挙に出た。あとで聞いたらその役者は、実は役者ではなくスタッフだと言うじゃないか。スタッフがメイクをして、芝居の当日、いきなり舞台に立つ？　こんなの、聞いたことがあるかね？」

下條先生はたっぷり間を取った。

「この高校演劇の大会は、各地の劇場を好意で貸していただいて成立している。そのため私は、君たちには何度も何度も口を酸《す》っぱくして言ったはずだ。プロの舞台を借りているという意識、芝居をやらせていただいているという意識を忘れてはいけないと。今後も肝に銘じてそれぞれの舞台づくりをしてもらいたい」

エンターテインメントはもちろん、観客を楽しませることが目的だ。だけどそれは、なんでもありっていうのとは違う。守らなければならないルールがあってこそのエンターテインメント。

これは、駒川台高校演劇部にとって一つの、苦い思い出となったのだった。

結局、推薦校発表時に、駒川台高校の名が呼ばれることはなかった。ちなみに三校のうち一つは、都立露沢高校だった。すでにウーパールーパーではなく、学ラン姿に戻っていた水田さんは立ち上がり、浦添《うらぞえ》くんの手を握って喜んだあと、駒川台高校のほうを見てガッツポーズをした。悔しかったけれど、でも、早乙女先輩の脚本はオリジナルであることを証明するのに尽力してくれた恩は忘れない。明玉《めいぎょく》学園のケチャップのことは胸にしまっておこうと、美咲は誓った。

「ふーん、まあ、しょうがないじゃん。本番が始まってからいろんなことが起こったんじゃゃね」

ナナコは車椅子の上で、笑っている。

「でもいいなあ、早乙女先輩のパクリ疑惑」

「何がよ」

「だってさ、自分たちの手で、早乙女先輩のオリジナルを取り戻したわけでしょ？」

オリジナルを取り戻す、か。ナナコ独特の言い方に、思わず和んでしまう。

「そんな経験、あのメンバーじゃなきゃできないよ」

あのメンバーじゃなきゃ……。

ひらりと落ちてくる葉を見ながら、美咲は感慨をかみしめた。先輩たちのいない演劇部で、本当に私は、やっていけるのだろうか。

地区大会で推薦校に決まらなかったことを受け、三年生の先輩方はついに引退をした。今頃はみんな、それぞれの志望校を目指して一生懸命勉強に励んでいるはずだ。何せあの早乙女先輩でさえ、「脚本の続きは、合格してからだ」と打ち上げのファミレスで宣言したくらいだった。

「ねえところで美咲」

ナナコが車椅子の上で振り返る。

「西野先輩のこと、どうなったん？」

「ああ……」

やっぱり、聞いてくるよね。

美咲は再び、地区大会最後の夜のことを思い出す。

解散となり、ジョリーシアターを出たころには、午後八時をすぎていた。「みんな寄り道せずにまっすぐ家に帰ってくださいね」と愛ちゃんは言ったけれど、余韻というか名残惜しさというか、みんなすぐに帰る気にならず、ファミレスに入ったのだった。

「じゃあ今から、残念会をはじめようか」

荻原先輩がそう言うと、

「残念会っていうのは、ちょっと名前が悪くないですか」

兵藤くんが首を振った。

「反省会っていうのはどうですか？」

「反省会っていったって、次がないだろう、次が」

早乙女先輩が言い出し、あれやこれやと意見が飛び交った中、まい先輩が「お疲れ会でいいでしょ、お疲れ会で」と押し切った。

そのお疲れ会は、三年生たちがそれぞれの引退コメントを発表するという会になっていった。

みんな、文化祭が終わった後と同じようなことを言ったけれど、やっぱり寂しさが勝ってしまった。

ファミレスを出て、それぞれの家路へ。

美咲はなんとなく、帰りたくなくて、ダイオウイカの公園へと行った。

すると、街灯の下、ぽつんと座って夜空を見上げている姿があった。うそ、と思った。西野先輩だったのだ。鼓動が、通常の百倍くらい速くなる。

「先輩」

声をかけると西野先輩はこちらを向いて、驚いたような表情になった。

「どうしたんですか」

「ああ、なんか、帰りづらくてな」

「先輩もですか」

美咲は先輩とベンチに座り、しばらく話をした。早乙女先輩に引きずり回されてオーディションをやった思い出が、ずっと遠くに行ってしまった。風もいつの間にか冷たく、今夜はここで一晩を明かすなんて考えられない。

ふとダイオウイカの遊具を見て、美咲は思い出す。あの、眠気の中で聞いた西野先輩の言葉を。

――……わいいな、お前
――……きかな、って思うよ、お前のこと
――つきあってみないか……

「先輩……」

あのときなんて言ったのか、もう一度聞かせてほしい。きっと今日で、こうして話すのは最後になるし。でも、自分の方からは切り出しにくいし。どうしよう。

すると西野先輩は思い出したように美咲の顔を見たのだ。

「あのとき、雨降って、朝までその中にいたよな」

あまりに当たり前、ふつうの思い出のように言ったので、美咲は「はい」と甲高い声で答えてしまった。

「お前、寝ちゃって。こう、気をつけをするみたいな恰好でさ」

「え、そうですか」

「俺、お前に言ったのに、聞いてないんだもん」

「なんて、なんて言ったんですか、私に」

西野先輩は不思議そうな顔をすると、こう言った。

「『姿勢はいいな、お前』って」

——……わいいな、お前
姿勢はいいな、お前。

「えっ、でも」

美咲は自分の顔が真っ赤になるのを感じながら言った。

「そのあとも言いましたよね、何か」

「言ったよ。『キャスト向きかな、って思うよ、お前のこと』って」

——……きかな、って思うよ、お前のこと
「そのあと、そのあとも言いましたよね」

なんだか引っ込みがつかなくなっていた。

「ああ、『次やってみないか』って言ったかもな」

——つきあってみないか……

じゃなくて、「次やってみないか」。姿勢がよくてキャスト向きだから、次はキャストをやってみないか、っていうこと？

……淡い期待と、足掛け二か月のドキドキが、粒子となって寒い秋風にさらわれていく。自分は今、どんな顔をしているんだろう。

「だけどあれ、取り消す」

西野先輩は、立ち尽くす美咲の前に歩いてきた。

「お前はやっぱりスタッフ向き。それも舞台監督」

先輩の笑顔が、底抜けに無邪気だった。その右手が伸びてくる。

「舞台裏の活躍、すごかったよ。ありがとな」

ぽんと肩に手が乗せられた。それは、先輩から後輩へのねぎらいの仕草だった。

「わー、なんだそれー」

ナナコは両手を額に当て、車椅子の上で足をバタバタさせた。

「玉砕じゃん。ガダルカナル級の。硫黄島級の」

「……いいの、別に」

美咲は口をとがらせる。美咲が勘違いしていただけだ。そんな、舞台監督が、主役キャストなんかと結ばれていいはずがない。スタッフはキャストの陰の、支え役にすぎないのだから。

いつかジュリアが言っていた。このシークレット感がいいのだと。私が秘めていた思いは、私だけが知っていればいい。キャストはめいっぱい自分勝手でいい。それが、スタッフを信用してくれている証なんだから。

「美咲せーんぱーい、ナナコせーんぱーい!」

遠くで、聞きなれた声がした。

ナグリを振っている背の低い彼女は、りかぽん。その後ろから、栗毛をなびかせたジュリアと、キノコカットにヘッドフォンのトミーもついてくる。

「どうしたの、みんな」

「ナナコ先輩が回復したって聞いたから、お見舞いですよ。いっつも美咲先輩一人でいっちゃうんだもん」

くるくるとナグリを回しながらりかぽんは答えた。

「回復したっていっても、まだこんなだけど」

すっかり痩《や》せてしまった体を見せびらかすように両手を広げるナナコ。

「いつから学校に戻れるんですか?」

ジュリアが尋ねた。

「うーん。春には、って思ってるんだよね」

「じゃあ、来年の文化祭と地区大会は一緒にできますね」

「えー、舞台監督ですかぁ？　美咲先輩、どうします？　舞台監督は二人いらないですよ」

りかぽんは、曲尺《かねじゃく》で美咲の脇腹をつんつんとつついてきた。

「えっ」

ナナコがライバルだと負ける気がする。するとナナコは「はは」と笑った。

「こんなんじゃ舞台袖で自在に動けないし。だから私、脚本やろうと思ってる」

「なにっ」

一同は同時に、右手の甲を口元に添えて、一歩たじろいだ。三上さんスタイルだ。

「実はね、もう構想があるんだよ。前頭葉が異常に発達して超複雑系テクノロジーを身に着けたきびなごが世界を支配してて……」

「えっ、ＳＦモノ？」

「いや、恋愛モノ」

あっけらかんと笑うナナコに、一同は首をすくめる。

「きびなごから主権を奪取しようとする二人の人間の恋愛」

「お言葉ですがナナコさん」

トミーが黒縁メガネに手を添える。

「きびなごに前頭葉はありません」

「えっ？」

「魚類の脳は脳幹の部分が大きく、大脳はほんの少し。それも古皮質しかなく、思考・言語を司《つかさど》る新皮質はありません。ですのでまずはきびなごが新皮質を獲得するに至る説得性のある状況を……」

「もういいですーっ、トミー先輩」

わいわい騒ぐみんなを見ながら、美咲は早乙女先輩が言っていたことを思い出した。

小説は時間が経ってもそこにある。だけど、芝居は過ぎてしまったらもうそこにはない。芝居っていうのは、演劇っていうのは、本質的に「もったいない」ものなんだ。

部活とか、青春とかもきっとそうなんだろうと思う。

だけど、もったいないからこその価値がそこにはある。だからいくら悩んでも、傷ついても、失敗しても、私たちは立ち止まるわけにはいかないんだと思う。幕が開いてから終わるまでのあいだに、青春をかけるんだと思う。

空には秋の雲がかすんでいる。冬なんて、あっという間に来てしまう。涼しくも爽やかな風を頬に感じながら、キャストたちの発声練習が、早く聞きたくなった。

（いったん、終幕）

この作品は『yom yom』Vol.34～36、38に掲載された
ものを改稿した。

イラスト　文倉十
デザイン　鈴木久美

恋《こい》よりブタカン！
～池谷美咲の演劇部日誌～

新潮文庫　あ－80－2

平成二十七年十二月一日発行

著者　青《あお》柳《やぎ》碧《あい》人《と》
発行者　佐藤隆信
発行所　株式会社新潮社
郵便番号　一六二—八七一一
東京都新宿区矢来町七一
電話　編集部(〇三)三二六六—五四四〇
読者係(〇三)三二六六—五一一一
http://www.shinchosha.co.jp

価格はカバーに表示してあります。

乱丁・落丁本は、ご面倒ですが小社読者係宛ご送付ください。送料小社負担にてお取替えいたします。

印刷・錦明印刷株式会社　製本・錦明印刷株式会社

ISBN978-4-10-180053-0 C0193